文芸社セレクション

シンプルライフ

北村　久美子

文芸社

目次

二〇二一年十一月、あの日は珍しく青空の美しい日だった。

私は病院の薬剤部で患者さんにお薬を渡していた。血圧の薬とか、糖尿病の薬とか、説明しながら、数を数え、そして薬袋に入れて行く。コロナが流行って、長期投薬が増えて来ると、患者さんにお渡しする薬の数がどうしても多くなるので、受け渡しの時に数を確認しながら手渡ししていた。

その時、綺麗な琥珀の指輪をはめた女性の患者さんが、

「寂聴さんも亡くなってねえ。」と、ぽつりとつぶやいた。

「じゃくちょう?」私は、薬に気を取られていたので、一瞬身内の話かなと勘違いしていた。

「そやねん、あの人のお話は大好きだったのに。」彼女が残念そうに言いながら、薬の袋をマイバッグに入れるのを私はじっと見つめていた。

彼女は「ありがと」と言って、一礼すると、去っていった。

私はそれからくるりと振り返って薬品棚の方に向いた時、ああ、あの寂聴さんが亡くなったんだと、不意に気が付いた。あの人は、死なないと勝手に思い込んでいたからだ。

それと同時に、私は父の事を思い出した。彼の煙草の匂いの混じった少し甘い大人の香り。

父は私にとっては、結構、ろくでなし男性の指標になっていた。呑兵衛で、煙草も煙突のように吸っていたし、利き酒大会ではよく優勝していた。

おいしいものを山ほど食べた人生だったし、うわばみほど飲むというたとえがあるけど、彼はそれだった。

生真面目できちんとした母親が、あんな男を愛したわけが分からない。

「おーい！　久美子！」空想の中でも大声で彼は叫ぶ。

（うるさーい）そう思いながら子供の頃の私は、父のもとに走って行く。

父親は、周りの家に遠慮せずに私を呼びつける。あの頃私は高校生ぐらいだったのだろうか？

本を読んでいた私は、（また！）と思って、むかっとして玄関へ走って行く。ドアを開けると、家の前にタクシーが止まっていて、車内の薄明かりで、父は運転手さんとやりとりしていた。

何か紙袋を置いているのが薄明かりで見えた。手提げの付いた紙袋だ。ぐしゃぐしゃと潰れているのは、父が横になって押しつぶしたからだ。

私は慌てて玄関先から門扉の方へ走って行った。ここからが大変だ。

父は出てきた運転手さんに手を挙げると、「すまんな」と言った。

運転手さんは反対側のドアを開けて、くしゃくしゃの紙袋を座席から取り出し、それを走って来た私の目の前に差し出した。

私は一瞬あっけにとられたように彼を見て、それから、

「すみません」と言って受け取った。ずしんとした衝撃が手元に走る。思ったより重いのだ。運転手さんに介助されて、父はゆっくりと車から出て来ていた。

なにかぶつぶつ言いながら、つかまりどころをさがしているのか、ブロック塀に手を伸ばした。じつにゆっくりした動きだ。

みっともない！　私は横目で彼の動作を見ていた。

運転手さんは、私たちを確認するように見ると、まるで逃げ出すように車の方へ戻って行った。

次の瞬間、タクシーがドアを閉めて走りだした。飛ぶように消えて行ったのは、めんどくさい客だからだ。私はいつものことながら、腹の底から変な笑いがこみあげてきた。

父親はよろよろと二、三歩歩くと、

「俺の味方は、お前だけや！」と言いながら、前の小さな側溝に片足を突っ込んでそのまゆっくり倒れかかって来た。

（んなわけないだろ！）と私は彼のわき腹に手を伸ばすと乱暴に持ち上げた。

おお！と奇妙な声をあげて、父親はもたれかかってくる。

私は手早く紙袋の持ち手を腕に通し、父をひきずりながら玄関へ連れて行った。

（？）紙袋は重量感がある。チョコレートの缶とは違うな、と、少しがっかりする。下手するとブランディーかもしれない。それも、瓶が船とか変な形の方だ。私はめんどくさいので、後から確認することにして、玄関先の土間に置いた。

父は半分は意識があるし、自分で歩けているが、酔っぱらうと玄関先で私の名か、母の名を叫ぶ。

弟は間違っても、相手にしないから、私を呼ぶわけだ。

弟はまた、お姉ちゃんがやるからと、勝手に思っている。

それでも、今日母が夜勤でいないことを知っているのは、意識があるってことだ。この辺りが酔っ払いのずるいところだ。

私は、ああ重い！と、思いながら玄関先にどしんと座った父の靴を脱がせ始めた。

もう一度お母さんに言うけど、なんでこんなめんどくさい男と一緒になったの？

「今日はな、あの先生と酒飲んでなあ。」べろべろと話し始める。

「あの先生って誰やの？」私は靴を脱がせると揃えて靴箱に入れた。父の言う先生は山ほどいる。

「あのなあ、あの、酒癖の悪いあの先生！」

（酒癖悪いんは、あんたやろうが！）そう思いながら、その場で寝ようとする父を小突き回して、立ち上がらせた。

父は今度は立ち上がると壁にもたれかかった。壁にかかった室戸岬の油絵の額ががたがたと揺れた。背広の背中が皺だらけだ。

「実はなあ、わしも酒癖は良いことは無いんじゃが。」と、今度は自分の話になる。

私は辺りを見渡して、何処で寝かそうかと考えていた。

（そんなこと言わんでもわかっとるわい！）私は内心そう言って舌打ちした。

どう考えても奥の寝室に到達しそうになかった。ここは妥協して真ん中の畳の部屋で寝かそうと思った。

私がそっちへ誘導しようとすると、いきなり手を振り払って、

「やかましいやい。」といきなり怒鳴る。

「ほら、はりまや橋まで走ったろかい。」そうぶつぶつと呟いている。

「!!」

その言葉で私ははたと思い出した。

作家の瀬戸内晴美先生だ。出家する前の寂聴さんの名前だ。

料亭で思い切り飲んで、べろべろに酔っぱらっていたのに、みんなで深夜の帯屋町を子供みたいに走ったそうだ。多分、連載の原稿があったのか、講演に来てもらったのか。あの頃新聞社へ先生はよく来られていた。そこで、親睦と称して宴会が開かれる。その頃には交際費と言う宝の山が存在した。接待と称して五、六人の呑ん兵衛達が集まったのだ。まだ、走るだけの若さがあった背広姿の社員たちと、先生はもうシャッターの閉まった帯屋町の商店街をわーわーと走りだした。

「はりまや橋まで競争や！」

まるで小学生だよ。

ワイシャツの襟を大きく開けて、ネクタイも、蛇のように絡みついて跳ね上がっている。

先生はこれも黒っぽい色の小紋の着物姿なのに、いさましく走っている。

「おい！　まてえ！」

静まり返った商店街の中で、彼らの声が響き渡る。

「きゅうさん、はよはよ！」

父の名前は山元久太郎だが、新聞社では山久さんで通っていた。もっと仲良くなるときゅうさんになり、最後はきゅうたろう！と呼び捨てされてた。

瀬戸内先生も山九さんから、きゅうさんに呼び方を変えている。酔いつぶれてくると「こら！　きゅうたろう！」と大声で呼ばれたと言っている。

遅れている父に瀬戸内先生が声をかける。父はそれどころでなく、地面が揺れている。

もちろん商店街も回り始めていた。

酔っ払いおじさんたちの運動会だ。

はりまや橋まで一直線に走れるが、むろんそんなに遠くまで走れるわけもなく、ばらばらと、そこここで酔いつぶれて倒れていった。あたりのビール瓶のケースとか、木箱に引っかかって、それにもたれて倒れ込んでいる。

父も、息せき切って走り込んで、途中でごみ箱に蹴躓きひっくり返って大笑いしたそうだ。

そのころ瀬戸内先生も粋な着物にくろぐろとした髪をアップにしてたそうだ。

そうして先生も着物姿のままで、大きく足を上げて走っていたそうだ。

何十年か前まで、彼女の写真が古い端が茶色く変色したアルバムにあった。にこやかに笑ってどちらかと言うと、丸顔な顔がふっくらとして、子供のような天真爛漫さがあった。

父はそのころでも少し薄くなっていた髪をばしゃばしゃと叩かれて、

「おい、きゅうたろう！」と、ネクタイを締めあげられていた。

彼女と何度か箸けんをやったと、父は言っていた。

彼女は予想外に強かったし、負けん気は人一倍だった。

その写真は年と共に、茶色く変色して、そしていつしかアルバムと共に無くなっていた。

たしか、その下あたりに父が腰巻を巻いて、鼻にストロー（もしかしたら、お箸）を突っ込んで皆で踊っている写真もばっちりと貼ってあって、それが、母は気に入らなかったに違いない。浮かれて踊っていてどう見ても釣りバカ日誌の浜ちゃんだ。

母は、父の事を「お下品」と、いつも言っていた。

でも、私の寂聴さんのイメージはあの写真に尽きる。実際には会ったことは無いのだが、父が言ってた彼女は後年の聖人のような彼女でもなく、剃髪前の破天荒な彼女でもなく、ただただいたずらっ子のような瞳と、はじけるような笑顔のまだ若さの残る面影だった。

そう言えば、いつだったか、先生は、父やスタッフとはりまや橋に向かって歩いていた。もとから買うつもりだったのかは分からないけど、瀬戸内先生は、はりまや橋の近くのサンゴ店に立ち寄った。店頭の商品が飾られている棚の中から店員に真っ赤なサンゴのかんざしを取り出させたことがある。

そうして彼女は豊かな髪にすっと挿して、

「あんたはかんざし挿されへんで。」と言って、にやっと笑った。瞳が輝いている。

もちろん男が挿すわけもないが、彼女としては髪が薄いからと言いたかったのだろう。

父は、苦笑いしていたが、私ははりまや橋のすぐ前なので、坊さんかんざし買うを見たというよさこい節を思い出してしまった。

父は酒豪を買われていつも接待役を仰せつかったのだと思う。私はある一定時期彼女の話を父親から、夕飯の席で何度も聞いていた。


父親はその日は私が急いで敷いた布団の上に背広姿のまま寝ころんだ。

夜勤で帰って来た母がわめくのが分かっていたので、私はうまいこと上下の背広とワイシャツを脱がせた。あっちこっちに巻きずしみたいに、ころころと転がしながら、脱がせたのだ。

その後、掛け布団を掛けたころには、父は大いびきをかいて寝てしまっていた。

彼のいびきは入り口の戸が開け閉めするぐらい凄いものだった。知らない人は虎が寝ているのかと思うぐらいだ。

私はため息をつくと、背広の皺を伸ばしながら、ハンガーにかけた。

その頃には、知らん顔を決め込んでいた弟は入り口から顔だけ出してにやっと笑った。

彼は昔から状況を読み込んで適切な対処をするタイプだった。

現状に飲み込まれるのは私だ。

あれから半世紀がたつ。

呑兵衛の父はとっくに死んで、母も七年後ぐらいに死んだ。

女学生だった私も七十に手が届く。不死身と思われた先生も煌めくように消えていった。


そういえば、朝になって新聞を取り込みに行って、玄関先に放置した紙袋に気づいた。

黒っぽい手提げの紙袋である。思い切り皺だらけになっているのは、彼が上に倒れこんだせいだ。食堂の方へ持って行ってテーブルの上に乗せる。

中を覗くと、真四角な墨のような色の箱が入っている。箱の上に「尼寺」と、書いてあった。

（へえ？）

その時、グリーンの歯ブラシをゴシゴシ動かしながら、父が洗面所のドアを開けて入って来た。昨日のラクダ色の下着姿のままだ。口元が思い切り真っ白な泡でいっぱいだ。父はいつもこうだ。ミントの香りがする。

彼は私の手元の方を見て、おう！というような顔をした。頭の薄くなった毛がぽやぽやと伸び上がっている。

それから流しまで歩いてきて、そこで口の中のものをがあっと吐き出すと、プラスチックのコップに水を入れて何回もそれで口をすすいだ。

それから、私の方を振り向くと、

「開けてみいや。」と言った。いたずらっ子みたいなおかしな表情をしている。

(何なん？)

私は黒い箱を取り出すと、真ん中に白地に墨蹟のような文字で「尼寺」と書いてある、蓋を恐る恐る開けた。

それは意外に重かった。

中に、丸い形をしたオブジェのようなものが入っている。私は⁇のまま、箱から取り出した。取り出してみると、大きなざらざらした黒とも茶色とも見えるその下に同じ色の丸い皿が付いている。皿は淵が二センチぐらい立ち上がっていて、二か所ぐらい半円形の切れ込みがあるので、

「なんや灰皿や。」私は父をにらんだ。もっといいものだと思ったのだ。

「そや、その丸いもんは何やと思う?」

彼は禅問答のようなことを言う。

私は両手で持ったその半円形のものをしげしげと眺めた。

そういえば、半円形の真上に切れ込みのようなものが入っている。

父は咳ばらいをするともったいぶって、

「木魚じゃ。」と言った。ああ、そう言えばお坊さんが叩いていたあれか。そう言われれば、そうも見える。

「尼寺って言う店の開店祝いに行ってもろたんじゃ。」

彼は私の手からそれを取り上げると、

「なんというか、この割れ目が深淵じゃなあ。」つくづく思い出すように言う。

私はそれを見ながら
「尼寺って、女の人が尼さんの格好してるの？」と興味津々で聞いた。

「ああそうや。」父は何となく嬉しそうに両手で持っている。

すると、いきなり奥の部屋のドアがぱたんと開いて母親がつかつかと入って来た。

「わあ、お母さん帰っとったん？」私は朝ごはんの用意しなくて良いので飛び上がって喜んだ。母親はラジオ英会話の本を食卓に置いた。小型ラジオを卓上に置いて、食事の準備をしながら英会話の講座を聞くのが恒例だった。

「あんた、また酔っぱらって帰って！」彼女は私の方をチラ見してから父に詰め寄る。

「仕事や仕事！」彼はにたにたと思い出し笑いをしている。

母親は彼の手からその木魚の灰皿を奪い取った。

「なんですか！これは。」

多分持った瞬間意外に重いので驚いたはずだ。

「いや、だから、『尼寺』の開店祝いに。」

「あ、ま、で、ら！」一語一語はっきり発音しながら、母は、もう一度その物体を見返す。

「不謹慎な！」

「いや、だから開店祝いに招待されて。」父はしどろもどろで少し後ずさりした。

「女の人が尼さんの格好して出てくるんやって！」私が嬉しそうに口を挟む。

「変なもん持って帰らんとって！」彼女は眉を逆立てた。

「この子たちの教育上よろしくないから！」

彼女は尼寺と書いた、箱にそれを再度入れると、紙袋に納めて洗面所のドアの外に投げるように置いた。後で捨てるつもりやわ！と、私は思った。

案の定、それ以降あの灰皿は見ていない。

1．プロローグ

私の父は大正四年六月生まれである。

父の性格は、よく言えば、おおらか、悪く言えば破天荒である。母親と言えば、父より七つ年下の、十二月生まれ、神経質で、几帳面。

しかも何やっても一番を取りたいタイプである。猛勉強もいとわない。私の一番嫌いなタイプだ。絶対友達になりたくない！

私には「人を押しのけてでも前に進みなさい。」と常々言っていたが。

私は人の後ろへ引っ込むタイプだった。さぞがっかりしたことだろう。

家事育児も完璧にこなす。料理は美味しい、家はぴかぴかにする。仕事は完璧。

信じられないけど、二人は恋愛結婚である。

ただ、母は、父親の自分勝手な行動に常々不満があったようで、事あるごとに私に不満をぶちまけていた。昔から私は聞き上手だ。

弟に言っても、彼はゴーイングマイウェイタイプで相手にしない。

明らかに母の文句を黙って聞いて、子供ながらに何とかコメントしてきたのがこの私だと思う。

母の長年の親友の美恵おばさんは、母と初めて会ったのは、彼女の就職相談の時だった。

その頃、美恵さんは高知県の安芸市の農家の実家に出戻りで帰っていて、先の不安があって就職先を探しに高知市に出てきていたのだ。確か、看護学校は、仕事をしながら資格が取れるというのが、魅力だったようだ。それでも、親戚の人たちには当時、看護婦（昔は看護師でなく看護婦とよんでました）の仕事はお医者さんの愛人のような位置づけだったようで、えらく反対されたそうだ。

それでも、仕事しながら資格が手に入るというのは、彼女にとっては実家の厄介者にならずに済む唯一のチャンスだった。

戦争中に幼馴染の近所の男性と当人の出征前に婚姻届けを出して、わずか二日の結婚生活だった。ミャンマーに出征した彼は遺骨も帰らなかった。本人の死亡通知後、姑は彼女に対して、虐待とも見える扱いになり、見かねた身内の者が実家へ引き取ってきたのだ。

高知県の片田舎で、出戻りと言われる彼女に出来る仕事は実家の農業の手伝いしかないし、家は、長男が継いでいた。お嫁さんにも気を使うことになる。求人の載った新聞を片手に彼女は書いてある電話番号に掛けてみた。

そこで対応したのがうちの母だ。

「はい？　日赤病院ですが。」母は、通りすがりに偶然受話器を取ったそうです。

受話器からよどみのない声が聞こえると美恵さんは、

「あのー。」彼女は少し口ごもってから、

「新聞を見たんですけど。」と言った。手元が震えている。

「ああ、求人でしょうか？」

その優しそうな声に、彼女は思わず取りすがった。

「どんな仕事でもします。看護婦になりたいんです。」

美恵さんにしたら、本当に崖っぷち、藁をもすがる気持ちだったようだ。母は、そういう人の気持ちをほぐすのは、絶妙にうまい。しかも、不足気味の看護婦を確保できるので、すぐに会う約束を取り付けた。後になって美恵さんは娘の私につくづく言ったものだ。

会ってみると、日赤の看護学校の優等生で卒業時は総代を務めるようなタイプでしかも楚々たる美人だったので、これは、やれんな（どうしようもないな！）と、思ったそうだ。多分多少鈍重と言っていいほど、やることが遅い美恵おばさんとは対極にあったと、思う。子供の私が言うのもどうかと思うが、私は母みたいなタイプは嫌いだ。友達にはなれない。

ただし二人は付き合っていくうちに、唯一無二の親友になった。人生の荒波の中を多分二人で励ましあいながら過ごしてきたのだろう。どんな時も、母は美恵さんを励まし続けたと言う。

「私が、運が良かったのは、あそこでお母さんに出会って、どんなことがあってもあの人にしがみついて生きてきたことや。」

美恵さんは、その後何度もそう言っていた。母は、励まし体質の人間で、やり過ぎると孫に「ヒトラーや！」と、言われていた。彼女と母は不遇な幼少期が似ていたのか、実に馬が合っていた。

世にも不思議な因縁だ。

かくいう私は、母親が高知日赤病院に勤めていた関係で、日赤病院で生まれたと聞いている。生まれた時は、赤ちゃんコンテストで、健康優良児だったそうだ。

でも、美恵さんと知り合った時には、片や夫がビルマ（今のミャンマー）で戦死した未亡人、母は行き遅れのハイミスだった。

父親の名前は山元久太郎で、父の家は長年醸造などの店を手広くやっていて、屋号が山九だったそうだ。なので、父の親は、久道という名である。私の名が、久美子であるのは、長男に久しいという名をつけた、山元家の習慣を一見踏襲したもののようであるが、私はそう思っていない。なぜなら、商家の跡継ぎは長男であるべきであり、長女ではないからである。

まあ、当時の封建的な習慣としてはそうかもしれないのだが。

でも、そのずっと前に、父親が十八にもならない頃に、山元家は大型の倒産をしてしまった。父が学校にいるときに、その知らせを使用人が持ってきて、父は急いで学用品をカバンに詰め込んで帰宅したそうだ。

家業は曲がりなりにもそれまで何とかやっていたのだが、如何せん、私のおじいちゃんにあたる、当時の山元家の当主は、飲む打つ買うの三拍子を見事にやってのけて、かなりの身代を大きく傾けてしまったようだ。

だから、母の知っている父の両親は、単なるお金をせびるたかりの親でしかなく、いつも母は、冷ややかな対応をしていたのを覚えている。父もいやいや面倒見てたのだろう。父の親はどちらもお金持ち同士の、親が決めた婚姻で、山元家に入ってきた嫁は、立派な花嫁道具の他に、数人の使用人も従えていたそうだ。

お坊ちゃま、お嬢ちゃま同士の結婚は九人もの子宝に恵まれたものの、時代の変遷や、波風にあっという間に、身代をつぶしたというのが、真実だ。身内は、あの店があったらと言うが、遅かれ早かれどうせ潰れてたと、私は思っているから、惜しいとは思わない。

それはそうと、父母の結婚は当時としては晩婚の方で、父は三十九歳だった。母も三十二歳である。

もしかすると、晩婚同士の二人で、まさかの子供ができたので、山九一族の後継者として、私に久美子という名を付けてみたのかもしれない。多分後が無かったからだ。

なにしろ、跡を継ぐべきなにがしかの財産が雲散霧消しているので、とりあえずの親孝行だったのかも。

だから、結構大事にされていた気がしている。父親の弟（次男）だと思うのだが、毛皮のケープをプレゼントしてくれたりして、昔の写真を見ると、私はベレー帽など被って、良いとこの子感を醸し出している。母はベルベットの紺色が好きで、それに白襟を付けるものだから、どう見ても両家の子女のように見える。私は何度も会ってないと思うが、ミンクのケープをプレゼントしてくれたおじは、父親のすぐ下の弟で、当時自分でやり始めた商売が当たって、羽振りが良かったそうだ。うちの家系の習いで、お調子に乗って二号さんまでいたらしい。うちにあまり来なかったのはその辺が母親に受けなかったからかもしれない。

だから、私の叔父さんの記憶は濃紺のベルベットのワンピースに毛皮のケープを羽織って微笑んでいる私の写真しか無い。

おまけに、彼は壮年期に急死したそうで、その後当時高知駅の裏手にあった比島の山元家の墓に入った。微かな記憶で、親戚縁者がタクシーでやってきて喪服姿の親戚一同がしきびや水桶を持って山を登った。その頃私は制服姿だったたし、弟は私服だったからきっと私は中学生だったのだろう。

山元家の墓はずっと何代も多分百年以上もこの比島の墓地だったのだろう。ごつごつと木の根っこが方々に張り出している山と言うより小高い丘なのだが、足元をすくわれて転びそうになりながらお墓まで行ったのを覚えている。多分高齢者は登れないと思う。

おじさんは死ぬ前には事業が失敗して、妻と二人いた子供たちが相続放棄の手続きをするのを父が手伝ったと言っていた。

そうして、葬儀の時は蔭に隠れていたと思われる愛人の方が死んでからはよく墓参りに行っていたのは一番下の弟が見ていた。妻の方は、あまり行かなかったらしい。まあ、そうなるでしょうけど。

余談になるけれど、一度愛人の方が供えた線香の火が消えずに残っていて、山火事になりかけたと、それも父の弟が語っていた。まあ、墓のあるお山は木の根もごつごつ隆起していたのだが、木々がうっそうと茂って景色が見えなくなっていた。少し離れてみると、うっそうとした森なのだ。

今思うと、山一つが墓地になっていたのだろう。その頃高知市内に公営の墓地が無かったそうだ。だから、このお山に墓地のある人も多かった。

というわけで、狭い場所に墓石が林立していた。

そのうちに、うちの母が将来的に登るのが危ないからと、遺骨をすべて新しく買った土佐市の霊園へ移してしまった。そこは、市内からは遠いけど、お墓の前まで車で行けた。

彼女はいつでも、合理的だった。

うちの一族はそんなに集まったりはしなかったけれど、子供の私が見てもあっさりしたものだった。用事があれば集まるけれど、あまりお互い深入りはしなかった。

多分それは、いろいろやらかした先代からの教訓だろう。

ちなみに私が生まれてから、松山で二年後に弟が生まれてきたときは、父の両親に会いに行くと、

「ああ、この方が、山元家のお坊ちゃまですか。」と、言われたそうだ。

母親はいたくご機嫌斜めだったようで、私が物心つく頃にも、

「この方がお坊ちゃまですか?って、どの口で言うかね。自分で潰しといて。」と散々怒りまくっていた。

まあ、確かに、母親は何の恩恵も受けるどころか、給料の一部を、渡していたようだから。なんやかやと父の両親は平然とした顔で、当然のように父に金の無心をしていたようだ。だから、母は、周りも羨む、大恋愛結婚だったのに、蓋を開けたら、一番かすを引いたと、思ったかもしれない。

でも、お母ちゃんは子供の私が言うのもなんだけど、多分金持ちとかいうのにはご縁が無いと、私は思う。キャリアウーマンの走りのような人だし、男女同権意識も強かったと思う。自分の事は決して他人に頼ろうとはしない人だ。

私の知っている祖父母は、小柄で上品そうな丸顔のおばあちゃんと、色白でこちらも痩せて小柄な若いころは、そこそこは男前だったろうと思わせるおじいちゃんだった。

おじいちゃんの方は、何かというと自転車に乗ってうろうろしているのを目にしていた。仕事でうろついているのかと思ったら、真昼間から飲み屋に行っていたと叔父さんが愚痴っていた。晩年はその一杯飲み屋に行く途中で転倒したのが寝込む原因だった。

私にとって印象的だったのは、おじいちゃんの瞳の虹彩に水色の色が入っていて、私の父親の虹彩の中にも緑色が入っていたことだ。なんかとても神秘的な瞳に見えた気がする。と言ってもお二人さんは神秘的とは程遠かったけど。

あと、私が知っているおじいちゃんの家は、大川筋だったが、そこそこ大きな造りだったが、川沿いで決してきれいとは言い難かった。まず、目の前の川もくすんでいわゆるどぶ川だった。おじいちゃんたちが住んでるのは、木造でほぼつぶれかけていたと言ってもいい家なのだ。しかも湿っぽいような、木くずのような、摩訶不思議な匂いもしていたと記憶している。家の裏側は川に向かって、階段で降りていけるようになっていた気がする。昔の商家がよく川沿いにあったのは、送られてきた荷物が川から運ばれてきたからだと思う。羽振りの良い時は毎日使用人がごった返すほどの仕事をしていたとも言っていた。

でも、私が覚えている当時は、燃料屋のようなことをしていたようだった。この辺の事情はあまり聞かされていないのだが多分、親戚に燃料屋をしている方がいたので、仕事を回してもらって援助してもらっていたのかもしれない。墨のような、木くずとか、いろいろの混じりあった不思議な匂いのする家だった。土間に一杯木炭とか、そのたぐいのものが置かれていて、私が鮮明に覚えているのは、オガライトという、大きな六角柱のような、真ん中が丸く抜けた焦げ茶色の燃料だ。それに紙くずなどで火をつけると、勢いよく燃えてお風呂を沸かすことも出来た。なぜか、その燃料が私の家の倉庫にもあって、父親はそれでお風呂を沸かしていた記憶もある。母はガスで沸かせるのにと、文句を言っていたので、もしかしたら、援助の一環で購入していたのかも。

おじいちゃんおばあちゃんに関して、私たちにそんなに記憶が無いのは、うちの家族が転勤族だったからだと思う。

まあ、長男なので、父親はそれなりの援助はしていたようだ。

そういえば、私が四歳ぐらいのころ、もうすでに東京に転勤になっていた。東京への転勤は、ある意味栄転なので、最初母は大喜びしていたと聞いた。高知を離れるというのは、母にとっては間違いなく、あの厄介な親類たちから離れられると言うことをも意味してたので、それについても快哉を叫んだのだと思う。でも、何かと言うと仕送りはしていたし、父の兄弟や親せきがやって来ると、そこそこ面倒は見ていた。

結婚前にも東京の病院に勤める段取りをしていたところをみると、父より母の方が上昇志向は大きかったような気がする。

ある時は、父の何番目だかの弟が東京の学校へ通うというので、仕方なく一部屋使わせていた。母が、食事の用意もし、下着なども揃えてあげていたが、かなりいやそうだった。その人も、薄い記憶では無口で愛想一つ言うわけでもなかったので、余計に母の不興を買っていた気がする。

昔は身内が上京してくると、どの家庭でもそうだったが、旅館代わりに泊まりにくるのだ。母は何の恩恵もあるどころか、いろいろ持ち出しも多かったので良い気はしなかったのだと思う。

それに輪をかけて、姑が、

「何かあったら久太郎に頼んでみいや。」と、言うのも、不愉快だったようだ。

そういえば、一時期やたら、親せきがやってきて東京見物して帰っていくので、母は私は女中じゃありませんから!と、父にこぼしていた。いつも、父は返事をせず逃げ出していた。彼には、新聞社の付き合いでとか言って、逃げ出す口実があった。

そういえば、一度母の方の姉の一人息子がひょっこり訪ねて来たことがある。自分方の身内なので、喜ぶと思いきや、母は微妙な対応をしていた。彼は私も子供心にはっきりと覚えている。

なぜなら、私は高知の日赤病院で生まれたので、最初のころは、彼はしょっちゅううちの家へ来ていたからだ。しかも、よく私を抱いて散歩に出てくれたりしていた。昔のアルバムには、彼が私を抱いて写っている。私は彼に思い切り甘えていた。彼はそこそこ男前だったし、頭も良かったようなので、最初母はお気に入りだった。

それに彼は、うちの母をある意味崇拝していた。多分、彼の母（うちの母の姉）が、自分の家族の中ではうちの母が一番の出世頭だと言っていたからだろう。


ところがです。

自分の身内なら歓迎しそうだが、彼はいわゆるヤンチャ系で、母が言うには、一生懸命勉強して、弓削商船高等専門学校に入っていたのに、乱闘騒ぎを起こして、退学になったそうだ。

母は可愛いがっていただけに、ひどく落胆した。

その後、他の学校へ入ったみたいですが、母親にとっては、前科者のようで、それが彼にもわかるのか、以前ほどは再々来なくなっていました。

母の面倒な、性格は、一度ミスすると、なかなか許さないし、信用しなくなるとこです。

それに父のように、「いろんな人がいて、世の中回っているんやから、どんな人間でもみんな同じや。」という考え方はできない人でした。母の好きなのは、真面目で大人しい人だったようです。そうなると、なんで父と結婚したのか、益々わけが分からないが。

だから、そのころどこにいたかは不明でしたが、ついぞ来なかった彼が、ある日ふらりと、うちの玄関に立っていたので母はさぞ、びっくりしたことでしょう。私も母の後ろに隠れて玄関口に出ましたが、彼のぼんやりとした大柄なシルエットを今でも覚えています。

彼は入り口で、「おばちゃん久しぶり、」と言うと、見上げていた私を抱き上げて、「お前より大きくなったな。」と、母に言いました。

母は、それでも嬉しそうにお茶とお菓子を準備しに台所へ行きました。

彼は「久しぶりやなあ。」と言って、私を軽々と抱き上げると、二階の小部屋に向かいました。来るといつも、三畳ばかりの小部屋で居眠りをしていたものです。

しかし、彼は疲れていたのか、そのまま私を横に置くと、ごろんと横になり私が彼の周りで飛び跳ねても、少し頭をなでる程度で、それも、徐々に弱くなって手が落ちてきました。

私は面白くなくて、やがて彼の上をぴょんぴょんと飛び越え始めました。そのうち滑って彼のおなかの上に落下すると、私はあわてて彼をゆすりましたが、彼はその時、驚かそうとしたのか、死んだ真似をして、だらんと動かなくなりました。

私は暫くゆすっていたが、動かないので、子供心に、そっとその場を離れました。

彼のその時の記憶は、そこまでなのですが、その後何十年かたって、彼は、あの時お金を借りに行ったのだとふと、言いました。

「そうだよね。東京に来てから、ずっと会っていなかったのに、急に来たし、泊まりもせずにすぐ帰ったものね。」と、母が言った。

「お金がいることがあっておばちゃんのことを思い出したから。」と。

「そやけど、何も言わんかったやんか。」

「なんとなく、借りられる雰囲気じゃあなかったしな。おばちゃんも、生活大変そうやなと思ったから。」

「で、何とかなったんだ。」

「もう忘れたな。どうしたか。」

彼はふっと遠くを見るように笑っていた。

その後数年して彼は結婚して母を喜ばせ、その先十年ぐらいして今度は離婚して改めて母を激怒させた。

しかも、九州出身の嫁は子供三人の親権と、大きな家屋敷とその後の生活費を裁判沙汰にして徹底的に戦ったそうだ。

彼の母親は離婚沙汰に嘆きながらも、

「子供がいるんやから向こうが言うだけのものを渡しなさい。」と、彼に言ったそうです。

ともあれ、生真面目な母にとって、離婚は犯罪に等しかったようです。まあ前科二犯ていうことです。

その後、彼は機械科の学校を出ていたので、自動車のデザインをやっていた友人に誘われて当時自動車産業が盛んだったデトロイトの工場に就職して音沙汰なしになりました。まあ、いろいろあってめんどくさい日本を逃げたのが真相でしょう。

（後年退職して帰って来るのですが。どうやらアメリカ人の彼女もいたようです。帰国することになった時、別れたと言っていました。その後、うちの弟をゴルフに誘って二人で遊び始めたので、再びうちの母の逆鱗に触れました。前科三犯てとこでしょう！）

晩年、彼は、子供たちが都会に出て一人暮らししていた母のところに、よく訪ねて来ていました。そのうち母に同居をもちかけたのですが、母はめんどくさいのはお断り！と一刀両断に断ったそうです。

彼はしょげていましたが、アメリカから帰って来て、実の母の所に転がり込んで、その母親が死ぬまで三食昼寝付きの生活をしていたのだから当たり前だと思います。

それでも、彼は母の家の近くに老人ホームが出来るから、出来たらそこに入るとパンフレットを持って嬉しそうに来ていました。

仕事を辞めてからは、彼はマラソンをやり始めて、ハワイマラソンや、グアムなどのマラソン大会にも出て、完走したと自慢してました。確かに、うちの前の道路を走っている彼の姿は、こんがり日焼けして引き締まって見えました。ある意味単純なスポーツマンタイプだったのかも。

母はあんまりスポーツには関心が無いので、彼のこの行動には褒めていいやら、けなしてよいやら考えあぐねていたようです。自分の守備範囲以外の事は、全く評価できない人でした。まあ、結局健康に良いと判断することで、許容したみたいですが。

このころ、ゴルフの会員権があるからと、うちの弟を誘い、母にこっぴどくしかられていました。なぜ怒られたのか、弟も彼も理解してなかったようですが、母のアンテナには父親がゴルフする姿がインプットされていたのだと思います。

ゴルフプラスその後の飲み会とかがつながっているのです。

彼女の感覚は結構堅物なところがあって、私が大学時代にジーンズをはいて帰ったら、いつから不良になったんだと嘆かれたのを思い出します。

音楽もクラッシックじゃないと駄目でした。ラジオで朝六時台に英会話を聞いてから、チャイコフスキーの交響曲第一番とかいうのをレコードで毎回かけて朝食を皆で食べるのが習慣でした。朝食はサラダとハムエッグにカリカリに焼いたトースト。両面にバターをたっぷり塗ってました。なんでチャイコフスキー?と、思うのですが、多分ですが、母はオーディオを買ったときに大喜びでレコード屋に行ったものだと思います。

そうしてレコード屋に勧められるままに買ったのだと思います。だって、彼女の人生にあんまり音楽は縁がなく、それでもクラッシクはお上品という意識はあったものだと思います。

よく子供がクラシックを聞いてるねと思われるかもしれませんが、私の家庭は流行歌とか演歌とかそういうたぐいの音楽を聞かせてもらっていなかったので、まあ、音楽ってこんなものだと思っていたふしがあります。

母親は、遊びに来た彼とよくお昼ご飯を一緒に食べていましたが、ある時、胃がんの手術をして彼がすっかり少食になってしまったのを、これまた嘆いていました。

「おばちゃんの飯はうまいけんど、もうあんまり食えんようになった。」

珍しく彼が弱気になって言うと、母はそれにほだされて一生懸命面倒みてました。おっちゃん結構その気にさせるのがうまい人やで、わかってるのかな?と、私は思います。

彼は一人っ子の端的な育てられ方をしていて、甘やかされたのでわがままでした。しかも、自分の面倒を見てくれそうな人は瞬時に見ぬく才能もありました。いつも、誰かが面倒見てくれていたのです。だから、学校を退学になるし、離婚するし、いいこと無かったんじゃないですか。

そう言えば、母が肺高血圧で入退院を繰り返すようになって一級の身障者になってから、一度彼とレストランで食事したことがあります。多分、入院中の母に持っていくものをフジグランで買って、その後近くのレストランへ入ったのだと思います。彼は私の後を嬉しそうについて来ていました。

「ひろしさん、何食べるの?」と聞くと、

「俺は、ソバでええわ。」と言います。

「何でも食べてええよ。私がおごるから。」

彼は昔に比べたら痩せて腕も筋張って見えました。彼は嬉しそうに私を見ると、

「じゃあ、ざる蕎麦定食。」と、言いました。

「くみちゃんも、忙しいのに大変やなあ。」

私はお手拭きを広げて彼に渡しました。

「まあ、みんな順番やから。」私は訳の分からん返事をした。

「くみちゃん、今でもピアノ弾いてるのかい？」彼は手拭きを使いながらこっちを向いた。

私が帰省して家のピアノを弾いていると、彼はそっと入って来て母と一緒に聞いていた。

昔、結婚していたころ、彼は、

「俺の家の理想はおばちゃんちやから。」と言って娘にピアノ教室に通わせていたのを思い出す。

「うん、たまに、今でも施設の発表会なんかで弾いてるよ。」私はそばにあった、お品書きを見ていた。

「いいなあ、おばちゃん退院したら、また弾いてくれるか？」彼はそう言って楽しそうに天井を見上げた。

「いいよ、いつでも。」私はスタッフがトレーに注文した定食を載せてこちらにやって来るのに気づいた。

「ひろしさん、食事来たよ。」

私が言うのと、スタッフが、

「お待ちどうさま。」と言うのが一緒でした。

彼はスタッフに少し会釈すると、割り箸を取って二つに折りました。

それでも、彼の食事の取り方は、少しずつゆっくりで、全部は食べきれないようでした。

若いころの、輝いていた彼を知っているので、私はふと、少し悲しくなったのを覚えています。こんなもの三倍ぐらい食べてたのにね。

うちの母はそんな彼を気遣って、

「ちゃんと食べなあかんよ。」と言いながら、いろいろと作ったおかずを持たせていました。

その後、彼は何回か入退院を繰り返し、その後自宅で介護保険を使ってヘルパーさんに来てもらって一人暮らしていました。

そんなある日のこと、私が母の様子を見に帰省していた時に、母に電話がかかってきました。

最初私が受話器を取って、

「おかあちゃん、みどり介護やて」と、母に声をかけました。

母は私から受話器を受け取ると「ひろしの所へ来てる介護さんやなあ。」と、呟きました。

そして、「はい山元です」と言い、低い声で何か話し込んでいました。私は買い物した

袋を台所へ持って行きました。もう一つの荷物を取りに来ると受話器を置いて、母は疲れたように私の方を振り向き、

「ひろしが亡くなったぞね。」と、ぽつんと言いました。

「え?」私は母を見返しました。

「ひろしさん、ヘルパーさんが来てた時にお風呂へ入っていたんだって。いつも長風呂するので、ヘルパーさんは邪魔をしないように、部屋の片づけをして、掃除機をかけたんだって。それでも出てこないから、声を掛けて返事が無かったんで入ったら、湯船の中で死んどったんやと。本当に眠るように死んどったって。」

母親はそれでも、少し下を向いて目をつぶっていた。

「おばちゃん、来年になったら施設出来上がるきに、近所やからお隣さんになるなあ。毎日遊びに行くからね。」

最後に会った時、彼はそう言っていました。母は露骨にいやな顔をしてましたが。

母の姉の一人っ子で、わがまま一杯に育った彼は、いろいろあったけど母にとっては可愛い甥っ子だったはずです。

私は、彼はあんまり苦しまなかったんだと思いたいです。

お風呂で眠るように死んでるなんて、彼らしい。そう思ったんです。

東京に来た当初は、母は本当にうれしげでしたが、その頃の品川は工場の煤煙がひどく、

洗濯物を干すと、衣類が真っ黒になったそうです。品川は二年もいなかったと思います。

空気が悪いためか、まず私が喘息になったのが、日野町への転居の決定的な理由だった気がします。

看護婦だった母は、やはり事の重大さは、感じたようで、医師ともいろいろ善後策を相談しました。父親とも相談したが、父としては、外で飲んで直ぐ近くにねぐらがあるのは好都合であったはずで父はすぐにはうんとは言わなかったと思います。

母は脅かすように、

「このままだと、この子は成人する前に死にますよと言われました。」と、言ったそうです。母は母なりに私を連れて病院を何件も回ったり、菖蒲の根をすりおろして湿布するとアレルギーが治ると聞くとわざわざ私を連れて菖蒲のいっぱい生えた池まで行って根っこを掘りおこしたりしてました。ひんやり冷たい湿布の感触は覚えています。あと、神田のイトーテルミーとかいう温熱療法の治療院へも通いました。古本がうず高く積まれた古書店のある商店街の中を通って行ったような気がします。

細長いビルの二階へ上がって、生暖かい治療器で鼻の周りをくるくると撫でられた記憶があります。この器具は母が購入して家でもやってくれていました。

これは奇妙に気持ちの良い治療法でした。

それでも、子供のためという言葉に負けて、（母の事なので、医師の診断書ぐらいもらっていたはずである）会社の担当者が見つけてきた、当時まだそんなにベッドタウンではなかったが、なりつつあった日野町への、引っ越しを決意したそうです。仕事場から一時間以上もかかるところです。

でもその頃には私だけでなく、弟もアレルギー症状をおこし始めていたし、それ以上に母親も喘息になっていた気がします。もともと、おばあちゃんがひどいアレルギーがあり、遺伝したのか、母もアレルギー症状がはっきりとあった。本当かどうか分からないけど、女親にアレルギー症状があると、子供に五十パーセントの確率で遺伝すると言われています。ちょうど日本が高度成長期にさしかかっていた時のことでした。

母がむかつくのは、大事に育てた子供たちが病気になっても、呑兵衛おやじはびくともせず、元気に銀座や新宿近辺を徘徊してたことです。

むろん、すぐ病気になる私は、親の苦労の種であったろうし、弟も、まだ手がかかっていました。母は本当によく面倒を見てくれていた、と、思います。でも、母は子供にとっては煙たい存在なので、そのうち弟は、母のことをくそ婆と呼び、私は、母の前では、良い子であるが、別の場所では、若干悪い子という、変幻自在を会得していくのでした。

子供って、親より賢いのである。いつか、親から離れるのを心に念じて、でも、今は学費払っといてや！　の世界でした。

それは、それとして、親はどこよりもまじめに私たち兄弟を愛していたかもしれないが、私たちはあんまり感謝もせずそういう親を見ていたと思います。

2. 父の人生

さて、それよりも、ここで、お父さんの人生を話してみたい。それは、標準的日本人の可もなく不可もないどうしようもない人生だが、子供の私としては、愛すべき一人の父親であった。私が父を愛していたかと言えば、微妙だが、父親は遅く出来た子なので、格別に私を可愛がってくれていたようだ。

父は、大正一年に、高知の大川筋二丁目で生まれている。今高知駅前の地図を見ると、大川筋は高知駅に近い川沿いの地名である。

確か私の記憶でも、そこそこ大きな商家が軒並み並んでいた。そしてどの店も川に向かって降りて行ける作りになっていたと思う。昔は商品を舟で運ぶことが多かったので、そういう作りになっていたようだ。子供たちがぴょんぴょん飛び跳ねながら川に釣り糸を垂らしたりして遊んでいる様子もよく見られた。

大川筋は川からの交易も便利だし、国鉄の高知駅にも近かったのが商売人たちにとって便利だったのだと思われる。

私は小学五年生ごろから大学一年ごろまでは、おじいちゃんの家に母親にたまに連れられて行っていた。母は、面白くなかったかもしれないが、義父と義母に当たる人をないがしろには出来なかったのだろう。弟は多分そんなにはついて来なかったような気がする。

おぼろげな記憶だが、おじいちゃんは私が高校生ぐらいのとき、おばあちゃんは、私が大学三年の夏（二回目の北海道旅行へ行った夏）に亡くなったと思う。

おじいちゃんが死んだときは、あれは不思議によく覚えているのだが、母から電話がかかってきた。

夏休み中で、弟は自分の部屋で、私はいつもさぼっているのをごまかすのに父の離れの書斎で父の本を読みふけっていた。父は自宅のすぐ横に平屋建ての離れを作っていて、革張りのソファセットと、オルガンタイプのデスク、あと、大きな本棚を二列連ねていた。父の聖域でお客さんが来た時も通したし、原稿もそこで書いていた。でも、忙しい父がそこにそんなにいたはずも無く、普段私はその部屋でこっそり父の蔵書を隠れ読みしていた。不思議なことに弟があの部屋にいたのを見たことがあまり無く、私の方が入り浸っていた。父は、お気に入りの部屋だったようで、「聖賢堂」と名付けていた。

ちなみに電話は玄関口と二階の部屋と、聖賢堂にもあったが、私はこの部屋にいる時は鳴っても出なかった。もともと、私に電話があるはずも無く、あったら父か母からのめんどくさい連絡だからだ。

その時は弟が玄関前の部屋にいるのが分かっていたので、彼に任せることにした。

しかもこっちでとっても、あっちでとっても、両方で聞けるのだが、父は大事な話の時は、いったん玄関でとったのを、聖賢堂へ切り替えていた。そうすると、話の内容は他の回線からは聞くことが出来ないのだ。私は多分、あの時、クーラーをつけて、聖賢堂で父の蔵書を読みながらソファで横になっていたと思う。

いつも通り、白いTシャツに、黄色のホットパンツをはいて足をソファのひじ掛けの部分に乗せていたと思う。

いきなり、向こうのドアがバタンと音を立てるのが聞こえると、こっちへ走ってくる足音がして、こちらのドアがいきなり開いた。

「姉ちゃん！」弟の叫び声がするのと、

「開けんなら、ノックしろよ！」と、私が怒鳴るのが一緒だった。

「姉ちゃん！　おじいちゃん死んだって！」弟の慌てた顔が見える。私は起き上がると多分本を持ったままじっとしていたようだ。

「姉ちゃんてば！　聞こえてるの？」弟の非難めいた声がする。この時の事を弟は後になって言うのだが、

「姉ちゃんは、振り返ってにやりと薄笑いしたんだ。」

こう言う弟は不満げだったが、私が薄く笑ったのは、そうではなく、やっぱりといった思いがあった。前日に、母と二人でおじいちゃんに会いに行っていたからだ。

あの時、もうすでに食事もとれず、寝たきりであの匂いのする古臭い家の部屋で寝ていた。でも、母が義母とやりとりしているうちに、障子のガラス張りになっているところから私がおじいちゃんを覗き込んでいると、死んだように仰向けに寝ていた彼の目が不意にかっと見開いて、頭をゆっくりとこちらの方に向けた。そして、私の目をじっと凝視しながらこっちへ向かって手を伸ばしてきたのだ。その手も、もう人間の手と言うよりは薄青みを帯びて、筋だけが奇妙に力強く見えた。

その手の指先が私の方をさしているので、なぜか私はこの人はもう長くないと実感していた。

次の日死ぬとは思ってもいなかったが、私の予測が当たったという変な自信から笑ったのだと思う。

おじいちゃんの印象は周りの大人たちに比べると、私は何も無かったし、話をしたこともほとんど無かったのだが、あの日母が水仙の切り花を持って、封筒にお金を入れて祖父母のもとを訪ねたのは鮮明に覚えている。

それに、おじいちゃんの葬儀は大層大掛かりだったのも覚えている。昔の葬儀は、喪主の地位によって規模が決まってくると言われていた。その当時父は新聞社の広告部長をしていたようで、仕事関係者や、人間関係が膨大だった。家にいない分、その辺は抜かりなかったように思う。知事さんや、市長さんも出席していた記憶がある。高野寺さんから、お寺の外まで、会葬者があふれ出していた。それを、私と弟、そして両親は、棺を飾り立てたを壇上から喪主一族として見ていた。普通なら感動するものなのかもしれないが、私たちは凍り付いたように動かなかったし、はっきり言って他人事のようだった。

私と弟はその壮大な行列をぼんやりと何の感慨も無く見つめていた。

父は「お、社長が取締役と来てくれてるなあ。」とか、「知事が秘書と来とった。」とか、母に話しかけていた。葬儀の合間に弔電を読むのだが、延々と垂れ流すので、途中から聞かないことにした。聞いたって誰だか分からないのだから。

そうして、何時間もかかっていたので、お尻が痛くなって弟は「もう帰りたい」と、愚痴をこぼしていた。私は彼に向かってしっと人差し指を口に当てた。私だって、そろそろ背中まで痛くなっていた。

おじいちゃんの思い出はこのぐらいだ。

おばあちゃんの時もやはり夏のさなかで、もう危ないという時に私は北海道旅行で連絡が付かなかった。母はいつも、そこで怒っていた。私は旅先で葉書は書いたが、その当時北海道から電話するとてつもなく金がかかるので、電話はしなかった。一回の電話であっと言う間に五百円ぐらい簡単に飛んでしまう。総菜パンが二十個以上買える。手持ち資金が少ない上に、無宿泊で、食費も切り詰めているからそれは無駄でしか無かった。公衆電話で話していると、十円玉を握りしめてチャリンチャリンと次々にお金が落ちていく。百円の投入口もあったが、おつりが出ないので、私は使わなかった。それでも、電話しなくてよかったとは、少し思っていた。

いきなり、帰って来いと言われて帰るかと言ったら、自分で計画して費用も自分で稼いだ金だったのだから、もったいなくて帰れなかったと思う。内心、途中で電話しなくてよかったと、今でも思っている。親不孝かもしれないけど。いや、ババ不幸だ。

なので、当時私は旅行を満喫してから、やっと帰って来た。それでも、おばあちゃんは危篤のまま母の勤務する病院で生きていた。（不思議なことに私の身の回りの大人たちは私が帰ってきてからじゃないと息をひきとらないというジンクスがあった。）

あの後、十年後ぐらいに母の姉が病院で死にかけていた時、私が帰省して、「おばちゃん、今度五月の連休に帰ってくるね！」と言ってしまった。そして、それが実現して死にかけていた叔母が三か月以上生き延びたのだ。

その時は、母は寝ないで介護していたもので、死期が延びてしまって、「余計なことを！」と、私を睨みつけた。

旅行から帰ってくると、母親が私を早速日赤病院へ連れていき、「おばあちゃんが悪いのにどこふらついてたのよ！」と、どなられた。

あまりにも怒ったのでよく覚えている。おばあちゃんは見るからに痩せこけて小さく見えた。でも、チューブの間の顔は案外平和だった。私の顔はもう分かっていなかったと思う。

あの頃はもちろん携帯電話など無かった時代なので、まあ、こちらがこまめに電話しない限り旅行中の私と、連絡は取れなかったと思う。もしかしたら、札幌あたりで絵葉書を買って二、三回は送ったかもしれないが、電話も北海道から高知はなかなかの値段だったのだからしょうがない。

なにせ、バイト代だけでの三週間の旅なので、削れるところは極力削っていた。まず周遊切符で旅行したし、当時北海道は夜行列車もあったので、列車で寝たり、駅のホーム近くでなるべく団体さんのカニ族の気のいいお兄さんたちの近くで寝たこともある。

何せ大学へ入るまでアルバイト禁止だったので、やりたくてたまらなく、大学一年の時に、一年だけ入れる学生寮へ入っていた時、友人に駅前の飲食店を紹介されたのがきっかけで続けてアルバイトするようになった。ウエイトレスの制服を着て注文をとっている姿を見たら親はひっくり返っただろう。お店のママや従業員にはいちいち怒られた記憶があるが、それでも長続きした。お客さんとは結構仲良くなっていた。もちろん親には言わなかった。バイトするのが不良だとか、ジーンズ履くのが不良だとか言う親に何をか言わんやだ。

アルバイトに関しては、意外に長続きしたし、真面目にやったような気がしている。あと、生来のけち体質でバイトしたお金は、小旅行とか、欲しかったラジカセとか、折り畳みのテーブルとか、鍋とか、生活を豊かにするものに使っていたと思う。一番高かったのは、クリスチャンディオールの眼鏡だ。その当時でも五万円ぐらいしたと思う。ブルーグレーのような不思議な色合いで、大きな四角いフレームの眼鏡だった。レンズにも薄い色が付いていたので、大学の教授が、

「君、それって眼鏡かな？　サングラスかな？」って聞いて来た。

もちろん、サングラスって言ったら、「外せ」と言うつもりだったらしいが。

それに当時おしゃれな子が穿いていたジーンズを、ジーンズショップで買うのが楽しみだった。親はジーンズ禁止の考え方だったから、自分で稼いだお金で買うことにしていた。仲良くしていたジーンズショップのマスターは時たま、あんたに似合うのがあると言って買いもしないジーンズを何着か穿かせて鏡の前に立たせてくれたことがある。私は真っ赤なジーンズを穿いた私を見て鏡に向かってピースをした。彼は鏡の前に立った私のヒップを両手で押さえてどう？というふうに鏡の中の私に笑いかけた。

彼は優しいおっちゃんというイメージしか無かったが、ある時万引きした学生にえらく怒って親を呼び出しているのを見て、少し怖くなった。

全部穿いて出ていくときにマスターが、

「またおいで」と、言った。彼は買いもしない私に赤だのグリーンだのいろんな種類のジーンズを試着させてくれた。

話を元に戻そう。

父は生まれた当初は家業もまあまあで、家のほうにもお手伝いさんがいたので、何自由なく普通に暮らしていたそうだ。

お金持ちの商家の跡継ぎのおじいちゃんは何の苦労もなく、当時町内で一人しかいなかったという、旧制高校を卒業し、家業の手伝いに入ると、年頃になって親が決めた相手と難なく結婚し、子供も次々に九人作ったそうだ。この辺りまでが順風満帆だったようです。（九人って何？って思うけど当時は使用人もたくさんいたので問題なく過ごしていたようです。）

おばあちゃんも、おじいちゃんも、のんびりしたタイプで自分からは動かなかったような気がする。しなくても使用人がやってくれた。まあ、やることと言えばあれやって、これやってと命令するくらい。

そのくせ、おじいちゃんは、当時、陽暉楼（ようきろう：現得月楼）と、言われた遊郭などに遊びに行ったり、賭博をやってくれたりと、別の方でやりたい放題だったようです。

うちの母親が嫌ったのも、しょうがないくらい、まあ、遊び人だったということです。

そんな親を見ているせいか、父は比較的真面目に学校へ行ってたようです。母は父の家庭の事情はあまり知らずに結婚したと思う。というか、恋愛結婚だから相手の家族のことなど最初は眼中に無かったのだろう。だから、後になって何かと長男だからとお金の無心されたりすると、実に不愉快そうだった。愛想笑いしながらも、俯いて舌打ちしているのを何度も目撃している。

そんなわけで、長男の父も高校途中で退学を余儀なくされ、（父も良い高校へ通っていたのを学費が出せないので、連れ戻され）、そのあと、どういういきさつかはわかりませんが神戸の資産家のお宅の書生として住み込みになったようです。

その家には同じくその家に養女としてもらわれてきていたお嬢さんもいて、似たような境遇に二人は結構仲良くしていたようです。それが、父が死ぬまで交流のあった美紀さんです。

昔のことなので、半分使用人、半分兄弟のように育てられていたみたいです。その養女のほうは、多分親戚筋の子だったと思いますが、父は全く縁戚関係は無かったので、どうして神戸のお宅へと、思ってしまいます。

もしかしたら、山元家の商売がらみの関係者が手配してくれたのかもしれませんが。

山元家の子供たちは十七歳ぐらいの父を先頭に、九人が路頭に迷ったわけです。使用人も多くいて、その人たちも、その子たちもあちこちのばらばらに散っていきました。

一番年下の、真さんは、まだ生まれてすぐだったようです。

九人の中には、米軍キャンプで歌手をしていて、米兵と結婚したみどりさんや、帯広で牧場しているというおじさんもいます。

私は、おじいちゃんが死ぬ前二、三度会っていますが、死ぬまで自宅にいました。近所の医師が往診してくれたようです。

おじいちゃんが死ぬとき、身内が集まってくると、本人の枕もとで、

「このおっちゃんが博打などせえへんかったら山元家もそのまま続いちょったに」と、まあ、死につつある人の上で親縁者がブツブツすごい文句言ってました。まあ、その時には当の本人は涙目を見開いたまま、反応も無かったようですが。

「いっそこの点滴止めたろか。」とか、とんでもない声も聞こえます。

（そないに小突きまわさんでも！）って思ったけど、被害にあった身内の恨みは大きいものがあったみたいです。

一番年下の叔父真さんは、「僕が物心ついたときにはもう兄弟はどこにもいなかったきに。」と、言ってました。

おじいちゃんおばあちゃんは何とか高知へ残ったものの、子供たちは、父母の意志かどうかはわかりませんが、あちこちへ散って行ったのです。

よく考えれば社会保障もしっかりなかった時代にぐずぐずと倒産させた親についても、ろくなことはなく、何もできない親にたかられるのがおちだというのが、子供心に見えていたと思います。

両親にしろ、九人の子供が出て行ってくれたら、食い扶持だけでも、助かったはずです。

一方父は、書生をして生活してたのですが、このままでは先が見えていたので、当時中国にハルピン大学という、官費で行ける警察学校があったので、試験を受けて合格するとすぐにハルピンへ渡ったそうです。

この辺の学校のシステムは、もうよくはわかりませんが、確か父は警察学校と言ってました。父は柔道も強かったそうです。

父の死後ですが、美紀さんから母に電話があり、

「私たちこうしてご縁があるのに死ぬまで会えないんでしょうかねえ」と言われたと私に

母が相談してきました。父を挟んで結構やきもちやいたりしてたくせにです。（ややこしい。会わんでええ）と、思ったのですが、なんかどちらも会いたそうだったので仕方なく私が車に母を乗せて奈良まで連れて行く約束をしました。

その時、美紀さんが、お父さんがハルピンへ行くようになった時、神戸の青木埠頭から船が出るというので、大家のご夫婦と養女の彼女で見送りに行ったそうです。彼女は「あなたのお父さんはその時私に赤い鼻緒の下駄を買ってくれたのよ。」と、感慨深げに言っていました。ちょっと思い出すように甘い顔をしてみせました。

私は（だから、会わせたくないねん！）と内心思っていました。

母親は少し面白くなさそうな顔をしてました。

この養女さんが原因で軽い夫婦喧嘩はしょっちゅうありました。

基本的にお父さんが、意外とこまめに連絡を取ったり、彼女の方から絵手紙を送ってきていたので、面白くなかったのだと思います。

そういや、お歳暮とかお中元のやり取りもありました。

まあ、何もないからできたのかもしれませんが、どうやら結婚を前提とした話し合いはあったみたいです。

うちの親父が呑兵衛でどうもならんのを、相手の継母が見抜いていたのと、倒産した家庭だというのを知っていたので、きっぱり断られたそうです。

その後彼女はお見合いで歯医者さんの奥さんになっていました。

母は、腹が立つと、

「あの人もあんたみたいな煙草好きの呑兵衛と結婚せんでよかったわ！　歯医者さんなら生活安泰やない。ああうらやましい。」などと、嫌味たらたら言ってました。

父のハルピン時代の話は私にチラホラ言った事しか思い浮かばず、父がどのような思いでハルピンへ渡ったのかは、実際よくわからないのです。

書生になったのが十七か十八歳であれば、生家は破産してるから頼れないし多分紹介してもらっての神戸行きだと思います。

後年美紀さんに会って、話を聞くことが出来ましたが、父と養母さんとは知り合いでは無かったそうで、ただ書生を希望していたので、父親が条件に合ったのでしょう。

彼女の方も不満たらたらで、なんで私が養女に出されたのか分からなかったのよと、ずーっと言ってました。

しかし、当時は、縁戚関係で子供のないうちへ何人かいる子供のうち一人を養子縁組することは、珍しいことではなかったそうです。

多分裕福なお宅だったようですが、その後、少ししてうちの父親が書生に入っています。

養女さんが言うには、しつけの厳しい継母だったようです。

「えらいきつい性格の人でした。」と美紀さんは言ってます。

写真も見せてもらいましたが着物姿で眉毛の濃い、面長のきりりとした面差しの方でした。まあ、善意に解釈すれば、預かったのだから立派な大人に育てたかったのでしょう。

多分父はその時点でアウトだったと思います。なにせ、自由人だし、もとお金持ちのおぼっちゃまくんは、まあ、置いていただいているから文句は言わないものの、こき使われるしいつか出てやろうと思っていたはずです。

片や、養女に出されたのが理不尽と思っていた養女さんとは、気持ち的には何か通じ合うものがあったと思います。

彼女の家には、父母が死んだ今になっても訪問する関係は今も続いています。

彼女が言っていたことで、「お父さんには婚約者がいたそうですよ。」というのは、父からは聞いてないのでわかりません。ですが、父の親も決められた結婚だったということを考えれば、あながち漠然と将来の約束をした相手がいても不思議ではないと、思います。

ただ、その約束は大店が続いていればの話で、倒産と同時に無かったことになったのではないでしょうか？

父親の末っ子が言う通り、山元家の九人の子供たちは、倒産後一人は神戸へ、一人は帯広で畜産家へ、後の子たちも、働き口を求めて、散り散りになっていったようです。

さらに父は活路を求めて、ハルピンの警察学校へ入学したわけです。警察学校については、父からあまり聞いてはいないのですが、ある日私が頭にスカーフを巻いていると、「ああいいね！　俺が満洲にいる時、アムール川の向こうにそんな風にスカーフを巻いたロシアの女の子が見えたよ！」と、ポツリと言いました。

双眼鏡で見たのでしょうか？？？　私にとってはその言葉で、ハルピンってロシアと国境を隔てて間近にあるんだというイメージがすっと入ってきました。

父は北京漢話と、ロシア語を話せるということで、高知新聞社主催のアジア圏のツアーには添乗員みたいについて行っていました。高知新聞社のテレビ部門ＲＫＣの役員もやっていて、何を思ったのか、私たち兄弟が中高生という難しい年ごろに、父は地元のテレビコマーシャルに出ていました。

司牡丹のＣＭにも出ていて、それは寺島しのぶさんのお母様、（当時緋牡丹博徒のお竜さんで一世を風靡した）藤純子さんがＣＭに出ていらっしゃったのですが、尾上菊之助さんとご結婚ということで急遽、ＣＭが中止となりました。あとのつなぎに父がコマーシャルに出たのです。まあ、自前の社員なら安いというのが一番ではないでしょうか。

そういうことが出来るのかどうかはわかりませんが、確かに父はテレビのコマーシャルに出ていて、雪見灯籠の見える立派なお座敷で将棋を打っている父と、そのあとに飲んでいるシーンはなかなか品格があって良かったと、個人的には思っています。

弟は友達にからかわれたと、恨み言を言ってましたが。

その後、何をお調子づいたのか、『横浜ガーデン』とかいう、浦戸湾が一望できるホテルのＣＭにも出ていました。

これは、父が着物姿で広げた扇子を両手で持っていたと思います。落語家の体だったと思います。（そういえば、司牡丹も着物姿でした。）

本当は関西の落語家に出てもらう話もついていて、声を入れたテープも、既に受け取っていたのに、直前になって台風接近で飛行機が飛ばなくなったそうです。

期日は迫っているし、多忙な落語家さんが空いている予定がなく、仕方なく父が出たということです。これもそれなりにはやっていました。このコマーシャルも暫く流れていた挙句、当の横浜ガーデンが台風で被害が大きく遂に閉鎖を余儀なくされて、終了です。

そんな訳で今でもチャンネル数の少ない田舎のテレビなので、満遍なくご近所さんが見ていて、父は歩くたびに、

「この人見たことあるわ！」とか言われて、悦にいっていた気がします。

この件に関しては母親はあまり何も言わなかったけれど、弟は同級生や、上級生にいじめられたと、後になって言っていました。

かくいう私は、自分ではだんまりを決め込んでいましたが、ある日、同級生の男の子に呼び止められ、

「お前んちのオヤジ、コマーシャルに出てたんやてな。」って言われました。どちらかというとツッパリタイプの口もきいたことが無いまあイケメンタイプの男の子でした。

私は無視して歩きだしましたが、相手は、よせばいいのに、ひゅひゅと、口笛をふいたのです。

私は振り返るとあっという間に相手の喉元に迫りました。

「今なんて言ったのよ。もう一度言ってみな！」

自分でも思いがけなく睨みつけていましたが、それに圧倒されたのか、何を思ったのか、

相手はコソコソ逃げて行ってしまいました。

それ以後、あいつは二度と近づいてきませんでした。


まあ、それはいいとして、父はハルピン時代のことをあまり言いませんでしたが、ある時私が小説を読んでいると、食卓でお茶を飲んでいた父が、

「ハルピンはそれは寒かったで。」と、誰に言うともなく話し出しました。

思い出したような声でした。

「そうなん?」私は、ソファに寝そべって、本を読みながら返事した。

それでも、

「ハルピンてきれいな街?」と、聴いてみた。

「アカシアの並木道があったよ。」

「高知にもあるやん。」

「あれはにせアカシアやろ。」父はもの知らずを笑うと、

「ハルピンは冬は寒うてな、氷点下二十度とか、普通やった。濡らしたタオルを振ったらかちんかちんになるんや。」

私は本から顔を上げた。

「はあ、バナナでガラス割ってたやつね。」

「それでな、おいら学生は制服の上に分厚い毛皮のついたコート着て、毛皮の帽子被っ

とった。」

「何色？」

「ほぼ茶色。」

「靴は？」

「靴は革靴にゲートルや！」

意味わからんけど、深く追及するとうるさくなるので黙っていた。

「校舎も薪ストーブやし、あとから、石炭のストーブがあったかな？　個人の家はオンドルとかあったなあ。」

「雪が一杯降った？」

「おお降ったとも。雪かきせにゃ動かれんぐらい降っとった。本当にしばれる寒さだったなあ。」

このおやじ、やかましい下宿屋のおばさんから逃げ出したと思ったら、今度は氷点下二十度に放り出されたわけや！　雪責めやな。

考えてる私を無視して父は、

「そやけどな、学生は皆若いから校舎の窓から校庭を見ていて地面の色で、そろそろやなっと思ったら校庭に飛び出して行ってホースで水撒くんや。そうすると地面が凍り付いてきてじきに天然のスケートリンクができるんや。そしたら、授業終わるの待ってな、」

ここでしばし黙ってお茶を飲んだ。ずずっとあまり品の良い飲み方ではない。

「ほお」と私。お茶を飲むと私が熱心に聞いているのを満足げに見て、

「裏山の竹林から竹を切っくるんや。」

「ハルピンにも竹藪あるの？」

「あるとも、加藤清正の虎退治に竹藪描いちょるやろう。」

「あれは豊臣の朝鮮出兵やろ。教科書に出とるわ。」

「朝鮮とは陸続きや。何だってあるさ。」

「それでな、竹をいい太さのところを五十センチぐらいに切り取ってから、半分に割るんや。そして、こっちの足より少し小さめに切って切断面を下にして、革靴に荒縄で縛り付けるんや。これでスケート靴の出来上がりや。」

「なんか、雑やな。」青竹をブーツに括り付けるなんて、そんなことが出来るのだろうか。

「アホいいな。立派なスケート靴や！　前から水撒いとったから校庭全部が大きなスケートリンクになっとる。そこへやな」

父親は身を乗り出してきた。こうなると彼の独断場だ。

「スケート靴はいた久さんが出てきたら拍手喝采やがな！」

「誰がや！」と私。

「ロシアのおねえちゃんか？　それとも帯屋町のホステス？」

「真面目に聞け！」急に怒り出す。

私は鼻でせせら笑った。

「下級生や！　みんな並んで見とる！」

思い出すように父親は腕組みして目をつぶった。父の脳裏にはハルピンの大地が浮かんでいたのか、それとも、まあ減らず口たたくようになった生意気小娘が気に入らなかったのか。

でも、その後、私は父がハルピンの警察学校の校庭でスケートをする夢を何度も見た。それは、まったくの想像の産物なのだが、父はなぜか濃紺の帽子と制服をきりっと着て、スケート靴を履いていた。竹ではなく。

両手を交互に振りながら滑らかに滑っていく。時々ターンをすると、拍手喝采がおこり、父は益々きれいなスケーティングを見せてくれる。

お父さん、絶好調！

それを母に話すと、

「拍手喝采って新地のおねえちゃんか？」と、やっぱし母も言った。

「違うわ！　お父さんも下級生って言ったけど私の見たのは、ロシア人のブロンドの髪の女の子四人組や！」

母親はチラッと私の方を見た。

「この子いうたら！」

そういえば、父は、私を中高一貫教育の学校へ入れる時も、自分の最終学歴を『ハルピン大学中退』としていた。ということは、卒業出来てないんや。

多分父が行っていた頃は（いくつで入学したのかはわからないが）、次の戦争の足音が聞こえていたころだと思う。そのころハルピンとか大連とか、中国大陸へ行くことが一攫千金の匂いを醸し出していた時代で、いろんな野望を持った日本人が大陸へ渡っていた時代だった。

父が、戦争へ行ったという話を聞いたことはない。行ったのかもしれないけど、何も言わなかった。ハルピンから帰るときだって、どうして帰ったのか、はっきりとは言わなかった。

楽しくない思い出話はしないタイプだったからかもしれない。

ただ、巧みに中国語とロシア語を駆使して、日本の船のある場所まで帰って来たと言っていた。父は彫りの深い顔をしていたので、おそらく中国語を話せば、現地人として、簡単に遠いハルピンから戻ってこれたのだろうと想像できる。

一度父の書斎「聖賢堂」へお茶を持って行った時に、北京語で相手としゃべっているのを、聞いたことがある。

帰りはまた、青木埠頭へ帰って来たのだろうか。

そこから多分実家のあった高知市大川筋へ挨拶に行ったはずだが、どうせ生活力の乏しい両親は、あてにならないので、仕事を探すのにかこつけてとりあえずは逃げたと思う。

美紀さんが言っていたのは、

「お宅のお父さんから、うちの母の方に申し込みがあったと、聞いてます。」

「はあ？」申し込みって何や。

「お父さんの方から、私をお嫁さんにもらいたいとのお話でした。」

なるほど、そういうことね！

「そやけど、母は、あの人は、お酒を山ほど飲むし、煙草も吸うから駄目だ。って言ったそうです。」

なるほどー飲むとかいうレベルじゃないもんね！

大事な娘はやれないよね！

しかも、両親は大破産してるから、遺産とか望めないし、兄弟かれこれ九人もいたら、厄介者背負うことになるし。どう見ても、お婿には向かないタイプだ。

それより親父もチャレンジャーやな。おばちゃん気難しいのわかってんのに。

父は、言っときますけど、煙草もプカプカ吸うし、一升瓶ぐらい軽く飲んじゃうし、クラブのお姉ちゃん大好きやし。（いつもキャバレー椿のマッチ持ってた。）

ええとこ全く無いで。

一方、美紀さんは、昔の写真見せてくれたけど、なんか吉永小百合さんに似ていた。可愛らしさもある、楚々たる美人だ。

それに、うちの母も日赤病院の医師たちからは、八千草薫に似てるって言われたそうです。（娘も、ひいき目やけど若干似てると思う。年取ってからでも似てた。）

親父は、小柄で可愛いタイプが好みという、ラインがあったみたいです。

この縁談は、継母からきっちり断られたそうで、美紀さんは、後から知ったようです。

まあうちの父も断られてへこむやつではないのでご心配無用ですが。

あっちが駄目ならこっちというタイプだと思う、多分脈がないとみると、引くのは早かったと思います。

ただ、美紀さんに関しては、彼女はその後母親の決めた歯科医の男性と幸せな結婚をされ、お子さんも三人生まれました。

その後もなぜか父親とは、手紙のやり取りや、お中元お歳暮とかのやり取りがあり、また、電話での会話もしていました。私が取り次いだこともありますが、彼女からかかってくると、奥の電話に切り替えてというので、私は玄関の電話を切り替えました。こういう時に限って母は敏感で、

「誰からの電話？」と言うので、

「新聞社のものですがって言ってた。」とごまかしました。

本当は、

「久美子ちゃん？　お父さんに代わってくれる。」と、言ったのですが、子供心にこれは黙っておこうと思ったのです。

私の隠し癖はこれだけでは無く、親戚の叔父さんに娘ぐらい若いスナックの女性との交際が分かった時も、これは黙っておこうと二年ぐらい知らんぷりしていて、その間、女性

の方は私と電話で仲良く話ししていました。

が、後で当の叔父さんの娘にばれて娘が家に乗り込んで大騒ぎになりました。

その時、知っていたのに知らんぷりを決め込んでたのがばれて、

「あんた、なんで黙ってたの！」と、怒られました。

私は本を読んでたのですが、

「だってめんどくさいもん。」と、顔も上げず返事をしたのを覚えてます。

そういえば、アルバイトしてた喫茶店に友達の彼氏が別の女性を連れてきた時も、さりげなく黙ってコーヒーを出して、誰にも言いませんでした。

その後、ばれて、

「あんた、なんで言わへんの？」と言われましたが、

「職業上知りえたことは黙っとくのが鉄則や。」と返事して煙たがられました。

要するに、争いごとは極力知らん顔をするタイプでした。

まあそういったわけで、父は美紀ちゃんに振られて、高知へ帰ったようです。

それでも、転んでもただでは起きない久太郎さんは、当時、小学校からの同級生の紹介で高知新聞社へ入社しました。

紹介してくれた同級生は、お父さんは「福田、福田」と呼んでいましたが、新聞社の社長になっています。

3．母の話

さて、これからは、少し母の方の説明をさせて頂きます。

母は、南国市前浜で生まれて、兄弟は姉の清美さん、弟の三人です。母の母（おばあちゃん）はよく、覚えています。清美さんの息子がひろしさんで、清美さんの夫は遊亀（ゆうき）さんという名前でした。うちの母は、

「ほんま、遊び亀やわ。なんにもしないし。」と、陰口をきいていました。

おばあちゃんの夫の方は農業をやっていて、母が言うには二十代で日本住血吸虫症で亡くなったそうです。今はあまりない病ですが、当時は普通によくあったようです。田んぼの用水路が土で出来ている場合、その寄生虫が生息することが多いのだそうです。現在はそれを避けるため、用水路はほぼコンクリで固められていますが。

そうして、祖母は若いうちに未亡人となったのですが、彼女は近隣の人に、生活保護を勧められても、頑として受け入れず、自活する道を選びます。お国の世話になるようなことはせん。というのが彼女の信条でした。当時、子持ちの後家さんには田舎町では仕事がありませんでした。

祖母は子育てしながら出来る仕事をと、いろいろ考えたのだと思います。当時、前浜では地引網漁とかも盛んで、大量の魚が水揚げされていました。

料金受取人払郵便
新宿局承認
7552
差出有効期間
2024年1月
31日まで
（切手不要）

郵便はがき

1 6 0-8 7 9 1

1 4 1

東京都新宿区新宿1－10－1
(株)文芸社
愛読者カード係 行

ふりがな お名前		明治 大正 昭和 平成 年生 歳		
ふりがな ご住所	□□□-□□□□		性別 男・女	
お電話 番 号	（書籍ご注文の際に必要です）	ご職業		
E-mail				
ご購読雑誌（複数可）		ご購読新聞 新聞		

最近読んでおもしろかった本や今後、とりあげてほしいテーマをお教えください。
ご自分の研究成果や経験、お考え等を出版してみたいというお気持ちはありますか。 ある ない 内容・テーマ（ ）
現在完成した作品をお持ちですか。 ある ない ジャンル・原稿量（ ）

書　名			
お買上 書　店	都道　　市区 府県　　郡	書店名	書店
		ご購入日	年　月　日

本書をどこでお知りになりましたか?
1.書店店頭　2.知人にすすめられて　3.インターネット(サイト名　　　)
4.DMハガキ　5.広告、記事を見て(新聞、雑誌名　　　)

上の質問に関連して、ご購入の決め手となったのは?
1.タイトル　2.著者　3.内容　4.カバーデザイン　5.帯
その他ご自由にお書きください。
(　　　)

本書についてのご意見、ご感想をお聞かせください。
①内容について

②カバー、タイトル、帯について

弊社Webサイトからもご意見、ご感想をお寄せいただけます。

ご協力ありがとうございました。
※お寄せいただいたご意見、ご感想は新聞広告等で匿名にて使わせていただくことがあります。
※お客様の個人情報は、小社からの連絡のみに使用します。社外に提供することは一切ありません。

■書籍のご注文は、お近くの書店または、ブックサービス(0120-29-9625)、セブンネットショッピング(http://7net.omni7.jp/)にお申し込み下さい。

彼女はその、水揚げした魚を買って、リヤカーに乗せて売り歩いていたそうです。

ひろしさんが言ったことがありますが、

「おばあちゃんは偉いきに。リヤカーにようけ魚積んで、それを引っ張って高知市内まで売りに行っとったんじゃきに。」彼は思い出すような目つきになっていました。

南国の前浜から、高知市内まで、それは遠い道のりをリヤカーを引っ張る当時の若い主婦。それが、不思議では無い時代の背景があったものだと、思います。私の家の古いアルバムに祖母が自転車の荷台に大きな金属の箱をくりつけて立っている一枚があります。小さな一枚で多分後ろは家の前の松林だったと思います。前浜には浜沿いに松林があって、その砂地に墓石も建っていました。高知の墓地は海岸線の砂地に建っているものが多かったように思います。子供の頃は、夜、墓地を歩くと、火の玉が出ると、おどされたものです。

祖母は最初はリアカーを引いて行商して、お金が少し出来てから中古の自転車を買ったのでしょう。ごつい自転車に、荷台に金属の大きな蓋つきボックス、それを両手で持って前に立っている彼女は私には颯爽として見えました。全身から、他人の世話にならんという気概がにじみ出た一枚です。

彼女はそれで音をあげることなく三人の子供たちが中学校を出るまで続けたそうです。

私がほんの二歳ぐらいのとき、うろ覚えではありますが、おばあちゃんの家に泊まりに行った事があって、その時父が目の前の浜まで連れて行ってくれました。

おばあちゃんの家から目の前は砂地の畑があって、その先がスロープになって高い位置に堤防があって、すぐに浜になっていました。浜は海岸線が長く遠浅ではなく、いきなりえぐれて深くなっています。すぐに海の色が濃く黒くなっているので、分かります。母が水泳して溺れた人がいると言っていましたが、確かにありそうな気がしました。おばあちゃんは、浜の砂地になる前あたりまで、畑を作っていて自宅用にしてました。その先にぐみの木や、桑の木を植えていて、時期になると赤い実を付けていました。

その赤い実を親戚の子と摘んで、ネックレスにした記憶があります。手がべたべたと赤い汁で汚れたものです。その子とは蓮華の花で花冠を作った記憶もあるのですが、今となっては顔すら定かではありません。

父が私を抱いてその木の実のそばを通り、砂地の上に降ろすと、私は再び父に手を引かれて歩き出しました。その頃の私は母の作ったピンクのワンピースを着て、麗子像みたいなおかっぱ頭の子供でした。寒いと母の編んだ毛糸のカーディガンを着ていたり、毛糸のパンツを穿いていて歩く姿がひよこのようでした。砂地の土地の向こうにコンクリートの高い堤防があって、そこへ行くのにコンクリートで固めた長いスロープがありました。私と父はゆっくりとそれを登っていくと、堤防の上に出て、そこから砂浜に降りるスロープが伸びていました。

その先で人々が何か作業をしている。私は浜が見えると父の手を振り払っておぼつかない足取りで砂浜へ出ました。さくさくという歩きにくい砂地を私はキャッキャッと小声を出しながら歩いて行きました。

「おい、こけるぞ。」

父は心配そうに見ていますが、当の私が喜んでいるので、そっと見守っていました。そうすると、広い浜辺の向こうの方で掛け声が聞こえだしました。見ると、目の前で人々が広げた網の端を持って引っ張り出しました。

「そーりゃそーりゃ」

父は手を振って声をかけてきたその中の一人と言葉をかわし、良かったら引いてみんかねと言われて、いきなり私を抱き上げると、少し離れた位置に私をおろしました。そして、「あぶないきに、そっから動いたらあかんぞ。」と言いました。それから、漁師さんたちの中に混じって力いっぱいひっぱりだしました。

父は声をかけられたのがうれしかったのでしょう。

私は父親のすることを少し離れたところで立ったまま見ていました。

皆が声を涸らして掛け声をかけると、綱はぐいぐいと引き上げられ、私も、同じように叫んでいました。

「そーりゃそーりゃ」そのたびに少しずつ網が引き上げられて彼らもあとずさりしてくる。

荒々しい光景でしたが、私はその中に父親がいるので、少しも怖くなかった。彼は、横目で私を見ながら一生懸命引いていた。私もそれを見ながら両手で何かを引くしぐさをしながらそーりゃと、小さく呟いていました。

「そーりゃそーりゃ」

「そーりゃそーりゃ」その掛け声の繰り返しが長いこと続きました。私は多分皆が後ろへ下がると、同じように下がって行ったと思います。

やがて、

「おうおう」というような声がすると、皆も、おうと、声をあげ、綱引きは終わった。父親は急いでこちらへ走ってきて、私を抱き上げました、私は砂を握りしめて超ご機嫌でした。砂地は小石も混じっていて、少し湿っていました。父親が、「待たしたのお。」と言って私の手を引いて帰りかけると、荒縄で縛ったヒラメのような大きな魚を二匹、漁師さんが持ってきてくれた。

父は「いや、楽しませてもらったので。」と、断ったが、

「常徳さんちの信伊さんの婿さんじゃろ？　おばちゃんには、いつも世話になっちょるきに。」と言って、無理に父親の手に渡した。父親は、嬉しそうに魚を受け取ると、私と手をつないで帰って行った。あれは茶色と灰色の混じった予想外に大きな魚だった。おばあちゃんの事やから、きっと煮魚にしたと思う。

その時の波の音は今でも、覚えている。ザーザーという、脳裏に響く音だった。前浜は、高知市内から、バスで一時間半ぐらいかかるので、母は子供を連れての帰省は大変だったと思う。母が車の免許を取って、なおかつ車が買えたのも、ずっと後の話だから。

母の実家は常徳という姓ですが、前浜一帯にこの姓が多いみたいです。あと、前浜で最

も印象的なのは、戦闘機の格納庫が青々とした畑の中に点々とあったことです。私は、この景色がお気に入りでした。青々とした畑の真ん中に、今はもう使っていないかまぼこ型をした黒っぽい戦闘機の格納庫は私には幻想的に見えました。

高知龍馬空港も今でも前浜のすぐ横にありますが、子供心に航空機の離陸や大阪から飛んでくるとき飛行機は大きく室戸沖を通過して沖の方から陸地に向かって沈み込んでくる、その時の、滑走時の轟音を覚えています。今とは滑走路自体が変わっていると思います。親類の子と飛行場のフェンスにつかまって離着陸シーンを見ていたのですが、あまりの轟音に走って逃げだし、皆で逃げたものの、私だけ水たまりに転倒して真っ黒になって大泣きして帰ったのを覚えています。後年私が自家用車でこの辺りを走った時も、飛行機の格納庫は青々とした畑の中にぽつぽつとあり、コンクリ部分が苔むして草がぼうぼうと生えてまるでラピュタに出てきそうな風景になっていました。干したトウモロコシのようなものがぶら下がっていたりするのも素敵でした。

母が言うには、戦時中は戦闘機をそこに格納していて、上から草を満遍なく広げていたそうです。

戦争が終わると、オーストラリアの兵隊さんが来るので、女の人はどこかに隠れるよう言われて蜂の巣をつつくような大騒ぎになったけど、来てみると兵隊さんたちはみんなフレンドリーでいい人たちだったそうです。

その後、お百姓さんたちは格納庫の中が涼しいので、昼寝したりご飯を食べたり、収納庫としてずいぶん長い間使ったそうです。

浜辺も、ずいぶん前からもう地引網はしていないようでした。

随分昔、私がおばあちゃんの家に行くたびにテトラポットが増えていたので、そのころにはもう漁もしてなかったのかもしれません。テトラポットの上に藤壺とか、海藻がへばりつくようになり、フナ虫がごそごそ這っていましたが、そのころはこの防波堤のように、日本国中テトラポットが設置されていたのかもしれません。

組み合わさったテトラポットの中に入って弟とかくれんぼした覚えもあります。おばあちゃんは非常に苦労した人でしたが、村の中では、

「あのおばちゃんには世話になった。」と言う人も多くいるほどよくできた人でした。

私には不思議に思えたのは、

「くみちゃん、一緒においで」と言うおばあちゃんに付いていくとおばあちゃんが、

「ちょっと待っとき！」と言って私を静止し、家々の角を曲がって消えていくのです。民家の中にお店でもあるのか、私を止めるたびにおばあちゃんは、黒糖饅頭の上に赤や緑のどぎつい色で着色された米粒の載ったものや、鯖寿司とか、とにかく私の両手にどっさり持たせてくれました。今思うと、小さな商いをしている近所の人から買っていたような気がします。助け合いみたいなものでしょう。

それに前浜はそこそこさびれた町でしたが、私が小さい頃、おばあちゃんに連れられて映画館へ行った思い出があるのです。あんな小さな町に映画館があったなんて、信じられ

ないけど本当の事なのです。

私がなぜか鮮明に覚えていたのは、畳の上にお侍さん（多分浪人）が横になって書物のようなものを読んでいて、そのうち眠くなったのかうとうとしかけて顔の上にばさっと書物を落としてびっくりするというシーンです。なぜか、そこで見ている人たちが大声で笑ったからです。横にいたおばあちゃんも楽しそうに笑っていて、私は訳が分からないながらも、その笑ったおばあちゃんの笑顔につられて大笑いしました。

その俳優さんの名前は長門裕之さんだったと思います。映画館の前に手書きの看板がかかっていました。おばあちゃんは、子供たちをときどき映画館に連れて行ってくれたのでしょう。多分、前浜にも小さな商店街的なものがあった時代で、その後母に連れられて行った頃にはその商店街もさびれながらも面影があったような気がします。もしかしたら、映画もまだやっていたのかもしれません。そのうち、私に子供が生まれて、そして小さな子供たちを車に乗せて前浜に行けるようになりました。と言っても、もうその頃には私は大阪に住んでいて、たまに車で高知へ帰っていたのです。おばあちゃんも、九十四歳で亡くなって、母も七十代ぐらいになっていました。母が私が帰るといつもお墓めぐりをしたがるので、私はいつもの罪滅ぼしに墓参りに付き合っていました。いつも、私の仲人を引き受けてくれた花街道沿いの小西のおじちゃんの一族の墓に回ってから海岸沿いの六体地蔵（長宗我部元親の配下で浦戸一揆をおこした二百七十三名の菩提を祭っている）のお地蔵さんの赤い六枚の涎掛けを横目で見てある時、（多分その時日産のパルサーに乗っていた時だと思うのですが、）子供たちも早くに父親を亡くして、お金には苦労したけれども、リヤカーを引いて市内から帰ってくる母親を心待ちにしてたのだろうと思いました。おばあちゃんがバスでも小一時間かかるような、高知市内へリアカーを引いて行商に行ったのは、地元では二束三文の値段しかつかないけど、市内ならいい値段で買ってもらえたからだと思います。

その行き帰りに頼まれたものがあれば買って帰ったりして、多少の駄賃にもなっていたようです。その日の生活費のお金の他は、子供たちの喜ぶものを、多分、それも高知市内でなければ手に入らないものを買って帰ってくれたと、母は感慨深げに言っていました。

三人の子供たちは、中学を出るとそれぞれ働きに行きましたが、次女である母親は前浜一番の優等生だったそうで、それを惜しんだ校長先生がいろいろと進学の話を持ってきてくれたそうです。

おばあちゃんも、他の子は学校へ行きたくないというので、信ちゃんだけは、行かせられるものなら、行かせたいと思ったそうです。ちなみに、母の名前は信伊と書いて、ノブイと読みます。子供心に変な名前と、思っていました。

校長先生に呼ばれて相談を受けた時に、ある病院の院長が学費を出してやるから、医学部へ行ってみないかという話があったそうです。母は医者になりたかったようですが、やはり出してもらった以上一生恩に着て暮らすのも、と、おばあちゃんが断ったそうです。さすが、生活保護を断って苦労するだけのおばあちゃん！と私は評価しますが、母は来てくれた人に断っている祖母を恨んで布団を被って泣いたそうです。

まあ、気の強いのは家系みたいですが。そうこうしているうちに、また、校長先生がやってきて、日赤の看護学校が働きながら学校へ行けるからどうかね?と、言ってくれて、それならと、母親は行くことを決めました。こうして母は、高知市内の日赤病院看護学校に入学しました。母は死に物狂いで勉強したみたいで、看護学校を卒業するときには、首席で卒業、総代で式辞を読むまでになっていました。当時、中学を出て、看護助手をしながら、看護学校から正看護師になるのは大変だったと思います。確か、助産婦の資格を取りに神戸に勉強しに行ったこともあったと聞きます。

母はそのまま日赤病院に勤めて無遅刻無欠勤で三十過ぎまで勤めていたわけです。血液センターに勤めた時には、高知県内津々浦々まで献血バスで行ったそうです。同僚の先生にいつもエチオピア饅頭を買ってきてくれる人がいてみんなで食べたと、言って楽し気でしたが。

私はそれよりエチオピア饅頭という、謎のような食べ物に興味津々で学生のときわざわざ友達と買いに行ったことを覚えています。なにせ、喘息もちのくせに食いしん坊でした。

多分黒糖の入った焦げ茶色の饅頭だったような気がします。美味しいけれど、時間がたつと表面が乾燥してパサつくのですぐ食べなきゃダメだったような気がします。

母は毎週休みがあると、宿舎から、おばあちゃんのいる家へバスで一時間かけて帰ったと聞きます。

その時、やはり親子代々なのでしょうか？　バスを降りてお土産など入れた荷物を持って歩いて家へ帰る途中に、いつも親戚の男の子が二人、橋の欄干のところでじっと待っていたそうです。母親が小さい頃から可愛がっていた子供たちでお土産をもらえるので、いつもお出迎えしてくれてたそうです。

母はどの人に聞いても真面目で勤勉といわれますが、日赤で働いていたころの親友になった美恵さんは、冒頭に書いたとおり、初対面で「これは、やれんなあと思たで」と、言ってます。私も、美恵さんと同じく、ヤレン母やなと、思ってました。

娘の私はよくわかるのです。几帳面で真面目、正義感が強い、ミス日赤だった。どれをとっても、ご立派だし反論はしませんが、一言でいうとうっとおしいのです。

結婚して子供が出来て初めて母の気持ちが少しわかった気もしますが、母に対しては若いころは反発心ばかりがありました。

ちなみに看護婦さんの上下関係は一生涯続くみたいで、部下の看護婦さんたちがよくお食事会とかを企画してくれていましたが、二言めに、

「婦長さんの言う事に間違いはありません！」と言うのには閉口させられました。五十代の娘と八十代の母親の喧嘩に、横からそのセリフが入ってくると何言ってんだこの野郎と思ったものです。

これは、昨今の不倫騒動の時に、あんなに立派な文句ない嫁さんがいるのに、何故？って言われる心情と一緒で、そんな女が男は、めんどくさいんです。

でも、美恵さんと私の母は終生の大親友になってしまいました。それに晩年の母を私が看取りました。

ここで、主要人物の美恵おばちゃんについて説明します。彼女は、高知市から車で一時間半ぐらいかかる安芸市の出身です。彼女は母親と会うずっと前に一度結婚してました。農家の娘で、同じ農家の幼馴染と結婚したそうですが、結婚して二日目に夫はビルマ（現在のミャンマー）へ出征して、帰らぬ人となります。

ということは、出征が決まっていて、その前に祝言を上げておいたのでしょうね。すごく仲の良い兄弟のような関係だったそうです。ご主人の死が分かって美恵おばちゃんはお姑さんに尽くそうとしたのですが、非常にきつい人だったそうです。実家の人がかわいそうに思って連れ帰ったといいます。私が思うには、多分戦争中の食糧のない頃に、死んだ息子の嫁に食べさす食事も無かったんだと思います。

その後、田舎では仕事が無いので、美恵さんは就職口を探して高知市へ出てきました。多分当時の女性の就職口の門戸は狭く、ましてや、働きながら学校に行けるところは看護婦養成学校ぐらいしかなかったのだと思います。もちろん、堅実な美恵おばちゃんは、長期的にみて自分の将来の自活を望んでいたと思います。

そこで、母親と遭遇したのだそうです。彼女は面倒見が抜群に良かったので、さっそく美恵さんに看護婦になりましょうと言ったそうですが、親戚に相談すると大反対されたそうです。

その頃の看護婦は、田舎の人のイメージでは、お医者さんの愛人ポジションだったそうです。それでも、美恵さんは、熱心に身内を説得し、母の協力も得て、働きながら看護婦の資格を取る道を選びます。

なので、「あそこでお母さんに会わんかったら、今のあたしは無いで。」と、いつも言ってました。「あの人に会えたのが、あたしのシアワセ！」


母と美恵おばちゃんは、似たところが一つもありませんでした。母は小柄でやせ型和風美人、おばちゃんは骨太で現代的な感じでやることもじつにスローモーションタイプ。母は、計画的にきちっとやり、しかも俯瞰的にものを見る目もあったので、日赤の看護部長まで上り詰めたし、定年後は大きな整形外科の総婦長になって七十近くまで働いていました。父が目が見えなくなって介護が必要にならなければ七十過ぎても働いていたと思います。

片や、美恵さんは、与えられたことはきっちりやるけれど、それ以上のことは、自分の趣味に使いたい人（個人主義の人）だったと思います。だから、母のような面倒見のいい、仕事のできる看護婦は彼女にとっては、頼れる良い相棒だったと、思います。

本当に仲良くて、人生の二分の一ぐらいは、同じ時間を過ごしたのではないでしょうか。何かというと集まって議論していたのは覚えています。

あと、なあなあで行かずに意見が違うと徹底的に戦わしたのも、親友であるうえで、大事なことかもしれません。

私には、それほどの友人がいないので、今になってうらやましくは思います。あと、母が全く飲めない（梅酒で酔う）タイプなので、酒豪の美恵さんと議論するのが楽しかったようです。高知県人は、なにしろほぼ酒豪で議論好きと、決まっています。

「そうやないがやきに、あの先生はまあ、酔っ払いでどもならんけんども、患者の言うことはよう聞きよるで。」

「そやけども、連絡が遅いわ。」

「だからよね。」と、母親。

「そこは、ほれ、人望のある美恵さんがじゃね、ちょいちょいとうまいこと扱うたらええがね。」

「そりゃまた、めんどいぞね。」

「そこをやるのが、あんたらナースやろ。」

「そやけど、あの人も偉そうな看護婦やし。なんぼ主任やというても。」

「あの人は、学生の頃からあんなんやって。」

「私の事、ばかにしちゅう。」と、美恵さん。

「それは、みんな言うちょるきに、今度言うとくわ。」

「あたいが言うたって、いいなや。」

「言わん、言わん。」

二人はかかかっと笑って、紅茶を飲む。上質の紅茶らしく、金色に光る輪が、きらきらと、カップの中で柔らかくきらめく。私は二人が見ていない間に砂糖を四杯ぐらい自分のカップにそそぐ。

母は、レモンティーが大好きで、カップの端でスプーンでレモンをまた、絞るのだが、それはやめときや!と、子供の私は思っていた。なぜか、彼女らの話の真ん中で私は、しおらしく紅茶を頂いていた。

「沢村先生のカップえいねえ。」

「結婚するときにもろうたがぞね。」母はクスッと笑った。薄いグレーがかった水色のティーカップで、横から見ると三角形で段々になっていた。持ち手も、三角形にとがっていて指の太い人は、持ちにくいと思う。アールデコ調というらしく母はえらく気に入っていて、すぐ出してくる。そのせいで、一つずつ割れていってしまった。

母は、日赤血液センターとか、整形外科とか、いろいろな診療科に勤務し、あと、助産婦の資格を取るため、神戸の病院へ勤務したこともあった。

生来勉強好きなので、次から次へと楽しく勉強に励み、美恵さんやその他の看護婦さんと映画に行ったり、美術館巡りしたり、ほんとに楽しかったと、言ってました。

関西学院大学の講堂でバイオリニストで美貌の諏訪根自子さんのコンサートを、親友だった女医さんと聞きにいったというのは、何度も聞いていています。

母は、上野の美術館へもよく私を連れて行ってくれました。ロダンの考える人は、よく覚えています。「なんでこの人裸やの。」と、当時の私。

弟はいつも、その辺は同行しないタイプでした。

私は、その点、よく言えば気の付くタイプで、わりと目上の人のことを聞いていたような気がします。

母は三十代になって、結婚が遠のいたこともあるし、やはりこのままではいけないと思ったそうで、院長とも相談して、一月先に東京の病院で勤務する話が出来ていたそうです。院長も看護婦としては、優秀なのでずっと続けるつもりなら、一度東京へ出て勉強したら良いと言ってくれたそうです。

紹介状ももらい、院長が話をつけてくれたので、母は勤務も徐々に減らしながら、後輩に教えることは教えてから、一か月後に上京する段取りもしてたそうです。

あと、毎週会いに行っていた、祖母に東京へ行くと言うと、

「信ちゃんがそう言うなら、あたしはいいぞね。」と、賛成してくれたそうです。

母親は一度親孝行もしたかったし、勤務する病院も見せたかったので、当時持っていた貯金全てをはたいて、旅行一つしたことのなかった母親を連れて東京の名所めぐりへ行ったそうです。

母は信ちゃんが旅行に連れて行ってくれたと本当に大喜びしたそうです。高尾山とか、上野の動物園とか、浅草とか、多分その頃の名所はすべて回ったそうです。

その頃まだ東京タワーはありませんでした。母は、お母さんは、子供のように喜んでついてきてくれたと、言ってました。

多分、おばあちゃんにとって人生初で最後の旅行だったと思います。

「おばあちゃんは、本当に喜んでくれたのよ。」と、後年母は私に自慢げに言ってました。

「そやけど、はとバスに乗って観光しているところで、お寿司屋に入ったら、おばあちゃん初めて見たんだと思うんやけどね。お皿に盛ってたわさびぱくっと食べてしまってね、それは大変で、涙をぽろぽろこぼしてたのよ。」

当時は握りずしなんてしょっちゅう食べれるものでは無かった。母だって、医者と一緒の接待とかで、食べさせてもらったぐらいだろう。

おばあちゃんにとっては、東京は見るのも聞くのも初めてで、本当にびっくり仰天の連続だったようで、母が勤める予定の病院を外から見て、ちょっと誇らしげだったようです。

その頃の地方と大都会との格差は今の比ではなかったと、思います。

その後、母は、立つ鳥跡を濁さずとかいう言葉が好きなものだから、せっせと後輩に仕事を教え、あと、シフトも皆が困らないように組んだそうです。

看護婦さんの凄いのは上下関係が一生続くということです。

母が死ぬまで付き添っていてくれた看護婦さんの決まり文句は、

「婦長さんの言うことに間違いはありません！」でした。

4．結婚まで

さて、あと十何日で東京へ行く日になるというときに、ちょうど日赤病院の観月会が催されました。日赤病院は、わりとマメに従業員の為の慰安旅行とかをしていました。

お月見は室戸岬まで観光バスをチャーターして行くことになり、日勤が終わった病院職員ほぼ全員が、行くことになっていました。

母は最後やから、行ったら？という、皆の勧めを断って、夜勤やるから楽しんできて！と、言ったそうです。そんなに緊急の患者もいない時期で、最小人数で回すつもりでした。

そんな中に、美恵さんもいて、

「あんたがおらんかったら、ちいともおもしろうないきに。」と、言うのを、

「仲間がみんなおるやん。」と、笑って押し出したそうです。

「まあ、のぶいさんはそういう人！」と、美恵さん。

「室戸岬の突端で、あんたに声かけるきに。聞こえたら返事するがやで。」

「わかちゅうちや。」母は静かに笑った。

大型バス二台を連ねたツアーになり、行く人はみな白衣からそれぞれのお気に入りのファッションに身を包むと、一気に華やいだ旅行気分になっていく。

「いや、重ちゃんも行くん？」

美恵さんが声をかけると、クルーカットのような髪型のおじさんが照れ臭そうに笑う。派手な柄のシャツに白いパンツを穿いている。

「いつも、レントゲン室で、白衣着てるから、ようわからんかったけど、あんた、なかなかいい男やで。」

母の同僚の看護婦たちは、下を向いて目をしばたくとぼそぼそ言った。

「今頃気が付いたかよ。」重ちゃんは下を向いて目をしばたくとぼそぼそ言った。

「ノブイさん、夜勤ありがと。」と、声をかける。

母はバスのそばでお見送りしていたが、

「あら、どちらのお嬢様かと思ったら！」と、ふり返って笑う。

「ええ仕立ての服やなあ。」

「池田で仕立てたん。このバッグと靴は大丸やで。」

「やっぱしお嬢様は見立てが素晴らしい。」と、母。

彼女はしなを作ると、

「まあ、執事が手配してくれましてね！」と言う。

横にいた友人が、

「誰がや！　亭主の金むしったちゅうことやろ?」二人は、漫才がうまくいったとばかりきゃあきゃあ笑い出す。

母は思わず苦笑い。

「ノブイさんおらんと寂しいわ！」

「はいはい、気持ちだけは一緒です。」と母。

その時誰かが、

「院長のご登場や。」と、叫んだ。

大型バスは日赤病院の入り口に二台止まっていたが、バスガイドさんと、車掌さんは外で待機していた。仕事が終わった人から順次乗り込んでいったが、みな、上気して楽し気だった。

ほぼ全員がそろいかけたころ、向こうの方から、院長と思しき、恰幅の良い男性と、付き添うように従う比較的若い男性が見えた。

「院長、やっぱええ服着てマンなあ。」重ちゃんがちゃっかり美恵さんの横に座って窓越しに外を見ていた。

さすが、美恵さんは、母がすぐ下に見える窓際に座っていた。

「当たり前やん。あたしらとはもらうもんが違うわね。」

「おぜぜやろ。」後ろに座った看護婦が混ぜ返す。

「そやけど、あたいらも、オシャレさせてもろてます！」後続のもう一人が言うと、きゃあと、バスの中が大騒ぎになった。

湧き上がる中で、院長は一号車の先頭の乗降口からするりと乗り込んでくる。

「おや、皆さんお揃いで。」院長はそう言うと最前列に座った。後から、男性が横に座る。

院長が入ってくると、一瞬張りつめた空気が流れると同時に、「いよっ。院長さんのお出ましですよ。」と、すぐ後ろに座ったレントゲン室の重さんが言った。

皆がどっと笑って拍手喝采。院長は照れ笑いする。

「院長先生いつも大変お世話になっております。」と、美恵さんが皆を代表して言う。

「だれかと思たら、美恵さんじゃないか。見違えたぞ。」

「そうでございましょ！」美恵さんは、振り返って皆に手を振る。また、大笑い。

「みんな、聞いたかね。わたしゃ、院長のお墨付きもろたぞね！」皆がひゅーひゅーと喚く。

「それはいいけど、」と、後ろの看護婦が大声で言った。

「院長さんの隣の良い男、どちら様でしょうか？」

「おい、お前さっきは俺の事、男前って言ったやないか！」重さんがチャチャを入れる。

「残念でした。いつもより良い男って言いました！」

院長先生が立ち上がると、

「本日は、お忙しい中こんなに大勢の紳士淑女にお集まりいただき、感謝感激しております。」と、大きな艶のある声で言った。

「院長世界一！」と重さん。

ホイホイと、美恵さん。

「いや、お褒めに預かって恐縮至極でございますが、本日は室戸までの長丁場、また、美味しいお弁当も用意しておりますので、皆さんご存分にお楽しみください。」

ここまで言うと、

「かかあに昨日練習させられてん。」と落ちを付けた。皆はどっと笑いだす。

「ちなみに、この男前は。」隣の男性に振り向くと院長先生が皆に向くよう立たせた。

「いよ！　流石、男前！」また、重さん。

「あたいの好みやな。」と、美恵さん。

後ろから、

「先駆けは禁止！」と、同僚の看護婦。

「この人は、山元君いうて、高知新聞社の新聞記者や。」

院長が言うと皆がまたざわめく。

「そういえば、前にクラブでこの男性といてはったわ。」奥の方から声がする。

「院長のお気に入りやな。」小さい声。

「男前やし、許したるわ。」と、小さい声。

「そりゃ新聞社やもん。宣伝効果抜群や！」

そうこうしているうちに車掌とガイドが最終人員を確認して、乗り込んだ。

車掌が乗り込むとバスガイドがマイクを持った。

「それでは、皆さまお揃いになりましたので、早速ですが、お月さまの都合もございますので、出発させて頂きます。」

「本日の一号車車掌の山下、バスガイドの横山と申します。何卒最後までよろしくお願いいたします。」

「別嬪やなあ。」と、重さん。

「あんた黙っとき！」と、美恵さんが頭をこつんとする。

後ろでくすくす笑う声がする。

「運転手君、やかましいけど我慢してや。」院長が一声。

「お見送りがいるから、手を振ってください。」

「ほんまやわ。今日の夜勤の人たちやで。ありがたいわ。」

美恵さんがいきなり窓を開けると、

「ノブイさん行ってくるきね！」と、叫んだ。

一斉に皆手を振る。母は、できるだけ目立たない場所にいて仲間と手を振っていた。

バスは重々しく動き出し、あっという間に日赤病院を後にした。

その頃はカラオケなどもなかったけど、車中で皆で合唱したりはしていた。

食事もゆっくりすると、次の日の勤務がある人が多かったので、車内でお弁当が配られた。

それでも、小さなコップ酒と、ピーナッツやスルメイカが配られると、車内は一気に行楽気分にになっていった。

院長は車掌やバスガイド、新聞記者の山元さんと話し合いをしている。こっちの方は、多分時間的な段取りと駐車場所について話し合っていた。

大型バスなのでトイレ休憩をとる場所も、配慮が必要だ。当時は、もちろん道の駅など無いので、あらかじめ、バス会社が決めていてくれていた。

後は、当日の月の見え方ひとつである。

室戸岬から見る月は有名で、人を雄大な気分にさせてくれる。空海や竜馬も見たかもしれない。


高知では室戸岬と足摺岬が両端に位置して、土佐湾を包み込む形になっている。どちらかというと、室戸岬の方が男性的で雄大な景色で、足摺岬は女性を感じさせる優美な景色のような気がする。足摺も月の名所だと思うが、市内からだと足摺は室戸の倍以上の時間がかかる。当時は高速も無い時代なので、なおさらである。

トイレ休憩や何やかやで、到着するのは、十時過ぎになる。

最も月が美しい時間帯かもしれないが、仕事をした後に行くので、さすがに病院職員も疲れたことだろうと思う。

だが、当時、今のような車社会では無いので、個人ではなかなか行けない。だから、みんな毎年心待ちにしていたようだ。

当日は、雲も出たりしたようだが、到着するころには、はっきりした月が見えたと美恵さんが言っていた。

室戸は私も大好きで、車に乗って何回も行ったが、岩場の壮大さが、まるで歴史映画のような風景を見せてくれる。市内で見る月と同じと思ったら、大間違いである。

どんなことにも舞台装置が必要なのだ。

何回かトイレ休憩も兼ねて、名所と言われる場所で休憩をとったようである。

院長について山元さんも、外に出ると、

「素晴らしい景色ですね。観月会大成功ですね。」と、院長を持ち上げる。

「山元さんも、こっち来て見い。」と、美恵さんが声をかけると、重さんはすっかり酔っぱらって、

「誰に声かけよる！」と、怒鳴っている。

「あたいは、酔っ払いは、やじゃね。」

「おまんも、酔っ払いぜよ。」

「バスに乗っちょき！」二人の声が月明かりにこだまし、皆はそれぞれに酔った顔でお互いに大声で言い合っている。

月明かりに鮮明に皆の影が浮かんでいる。

「また、来年も皆で来て、この皆で月を見ましょう。」院長が締める。

山元さんも、酔った顔で頷いた。

黒々とした岩場の向こうに波の打ちつける音が響いている。

月の加減で皆の影は消えたように見える。きれいに衣装を着て、多少酔っている人々を月は優しく見ているようだ。月明かりは鮮明に黒い岩場を照らしている。

「来年まで、頑張って働くぞ！」重さんの声が一段と響き渡る。

皆が、おうと言って、手をたたく。室戸での観月は三十分ほどで、皆が満足すると、院長は、

「さあ、帰りましょうか。」と、言った。

「来年まで！」一人が言うと、皆が唱和した。

今年の、一大イベントがこれで終わりになった。

「あと、大山岬と、南国あたりで止まってトイレ休憩します。そこでも名月が見えますよ。」と、ガイドさんが説明してくれる。

「大山岬でも二十分ほど外に出ると思います。お大師様もそこでも修業されたそうです。」

「あそこも月の名所じゃきに。」美恵さんは少し酔った声で付け加えた。

バスは疲れて、酔いが回った客を乗せて、走っていく。大山岬までは、小一時間かかるだろうか？

最初は勢いよくしゃべっていた乗客も、次第に声が小さくなり、人によっては隣の肩に頭を乗せている者もいた。

月はそんな乗客の乗ったバスを明るく照らしていた。海岸沿いに長い道が延々と伸びている。ところどころに防砂林だろうか、松の木が目立った。

美恵さんもうつらうつらし、時おり隣の重さんの頭をたたいている。重さんは、「しなや！」と、声を立てる。

最前列の院長と山元さんは、談笑している。たまに、ガイドさんが、話に加わっていた。長い一本道の堤防が切れたところがあり、バスは二台ともそのあたりで止まった。

「トイレはまっすぐ行った先にあります。この場所も景勝地として知られていますが、岩場は足場が悪いので充分ご注意してください。」

院長は伸びをすると、

「山元君、足が痛いから降りようや。」

「はい。」酔っている割には、即座に返事して二人で降りた。

後に続いて、数人がぞろぞろ降りる。二号車からも、結構な数が降りてきた。

「いやー！　ここもえいねえ。」

「お月さんが、まっこときれいぜよ。」

岩場は、室戸より険しいところがあり、月はその険しさを引き立てるように、煌々と輝いている。

院長は少し歩いた先で、堤防の所で、数人の看護婦に取り囲まれていた。その前を男の影が足早に通りすぎる。

「山元君、どこへ行く？」

院長が、取り巻きの間から顔を出した。

「ちょっとトイレへ。」謝るように手を挙げると、院長も、

「わしも、後で行くぜ。」と、酔った声で答えた。

「ねえ、院長先生！　この崖すごいやろ？　室戸とはまた違った景色やねえ。」酔っぱらった看護婦二、三人がきゃあきゃあ笑いながら月を見上げている。

しばらく千鳥足で歩く一団が揺れながら楽し気な笑い声をあげて、そこだけがくっきりと見えた。その時、

「誰か落ちたでー。」と、大きな叫び声が聞こえた。もう一回その声が響いて、ざわめいていた一団は急にしーんとなった。

いざとなると早いのが医療系の一団で、すぐに体制を立て直すと、真顔で、

「誰が落ちたが？」と、怒鳴った。

「分らんき。」その声は重さんだ。少し震えている。

「出た人、わかっちゅうろ？」看護師の一人が大声で言った。

「うちのメンバーって決まっちゅうが？」

「他に誰が来るで、こんな真夜中にこんな場所。」

「どのあたりで落ちたが。」

「あっこの山になっちゅうところから。」

「見えにくいねえ。」

「そやけど、海側でなくてよかったやん。」

「あそこも深そうやで。ようわからんけど。」

皆は急いでその場所へ向かった。

ここで美恵さんが大声で叫んだ。

「誰か落ちちゅうかね？　返事して。」

すると、月に照らされて明るい岩場のその向こうの漆黒の闇から、

「はあい」と返事が返ってきた。確かに声がした。

「誰かね？」美恵さんが叫ぶと、

「山元です。」と、声がして、岩場から手がひらひらと伸びてきた。

「いやあ。山元さんやて。」

「山元君大丈夫か？」院長が大声を出す。

そうこうしているうちに、本人はケロッとした顔をして、上がってきた。

「まあ、こんなとこから落ちたかね。」美恵さんが恐る恐るのぞき込む。

「あっち側でなくてよかったわ。落ちたら助からへんで。」他の看護婦が向こうを指さす。

「あそこから落ちて死んだ人、あたしは知っちゅうで。」

院長がたどり着くと、「ほう山元君こんなとこから落ちたんかい。帰ったらレントゲン検査やな。」と、言った。

「どっか、痛い所あるか？」

「いやあ。」と、山元氏。

実をいうと、院長の横だったので、あまり堂々とトイレへ行けず、公衆トイレまで我慢できなかったので、陰になった人目につかぬところで立ちションしたそうです。

そのあと、皆の様子を見ようと振り返ったところ、足場が悪く、酔っていたのもあり、転落したのが真相です。

その後、美恵さんは当時を振り返って、

「まあ、この人ったら、空を見上げたら、お星さまがきらきら輝いていて、きれいだなと、見ていたら急に流れ星になって、それで気が付いたら落ちていた。って、詩的なこと言ってたで。」と、言っていた。

とりあえず、山元さんはそのままバスに乗りました。

バスはそのあと南国の営業所でトイレ休憩をとり、深夜に日赤の入り口に横付けしました。降りてきた人々は、

「楽しかったねえ。」と、言いながら三々五々ばらばらと帰っていきました。

院長は重さんに、

「この人の診察するから、レントゲン室開けといて。」と言い、彼も嫌な顔一つせず「はい」と、言いました。

とりあえず診察してから、

「レントゲンも何ともないし、多分、支障ないと思うけんど、仕事に差し支えあっても困るから、大事をとって今晩病室で寝ていきや。」

「そやえど、あんなとこから酔っぱらって落ちて何ともないとは大したものじゃ。」と、ブツブツ呟いたそうです。

院長はすぐ近くに住んでいるので、当直の看護婦に申し送りすると、帰って行ったそうです。

さて、次の日院長が出勤すると、山元さんはもう着替えて帰る準備をしていました。

院長が心配そうに言うと、

「山元君、大丈夫？」

「それは大丈夫ですが、ちょっとご相談があります。」と、言ったそうです。院長も心配して早く出てきたので、

「ああいいよ。」と、二人で院長室に入りました。

そして、三十分ほどすると、院長が部屋から出てきて、その後に山元さんも出て来ました。

院長は、その場にいた看護婦に、

「昨日の当直の看護婦誰かね？」と、聞いた。

「はあ、ちょっと待って下さい。」と言うとすぐに婦長が走って来た。

「昨日の夜勤は、宮田さん、西さん、三木さん、常徳さん……」

「いや、ここの病室の担当やけど、昨日山元さんの部屋巡回した看護婦は？」

婦長は、院長の発言を、測りかねて見上げた。

「常徳ですけど、何か？」

「今、申し送りしてますけど。」

「そやったら、用事が済んでからで良いから、院長室に来るように言ってくれ。」

婦長は慌てて走り去って行った。

ちょうど申し送りを済ませた彼女が詰所から出てきたところだった。

「常徳さん！　院長のお呼びやで！」

「はあ？」と、彼女。

「院長室に来てやて。」

「何かありましたでしょうか？」

「それは、分からん。とにかくすぐ来いって。」

彼女は首をかしげると、院長室の方へすたすた歩いていった。

婦長も後ろ姿を見ながら、首を傾げた。

そのあと、院長と三十分以上も彼女は話していたそうです。

彼女が出てきたのを見て、婦長さんが心配して寄ってきたが、彼女は、

「大したことではないので。」と、言ったそうです。

さあそのあと、一週間もしないうちに、彼女の方から、例の（崖から落ちた）山元さんと結婚することになったと、聞いて病院中大騒ぎになったそうです。

まず、美恵さんが、

「あの時、一緒にバスに乗っちょった看護婦一杯おったぞね。なんで、夜勤で五分ばあ巡回にきた看護婦と結婚するが！　納得いけへんわ！」

と、怒ったように言ってから、彼女に向かって、

「しゃあけど、山元さん、見る目あるわ！」と、笑って祝福したそうです。

「あたしかて、あんたみたいな友達作ったのは、あたしに見る目があるがじゃと、思うちょるきに。」と、彼女を抱き寄せた。

全く、タイプの違う男女と、まったくタイプの違う友達がここでしっかり結ばれて、どちらか死ぬまでの関係が続いたのは、興味深いことです。

父と母が入籍したのは、昭和二十七年十二月十二日の日付になっています。当時のことなので、大きな挙式などはせず、（どちらもそんな余裕は無かったので）身内だけのこぢんまりとした挙式を行なったそうです。父方は父母と兄弟姉妹、母方は母親と兄弟二人が出席しました。

宴会のとき、皆があまり冷やかすので、父は逃げてしまい、帰るのに困った母は仕方なく父の弟の自転車に乗せてもらって家へ帰ったそうです。弟は、花嫁を自転車の後ろに乗せて恥ずかしそうではありましたが、気を使っていろいろ話してくれたそうです。彼が帯広で牧場を経営している人でした。

おばあちゃんは、娘が結婚すると聞いて本当に小躍りして喜んだといいます。

「のぶちゃん、良かったね。」

5．新婚生活

こうして父と母は市内に居を構え、すぐに妊娠もわかって、甘い新婚生活は無かったといいます。

母は後年私が、

「なんであんな酔っ払いと結婚したん？」と言うと、

「お父さんとデートの約束をして、待ち合わせの場所に行くと、横断歩道の向こうで待ってたの。信号待ちやったから、私が手を振ると片足を上げて返事したんよ。そんな人、初めて見たわ。そやから、面白いなあと思って。」

「なんや！　そんだけ？」

「面白い人は、あの時代いなかったもん。」

後で思ったのだが、母親は上品に微笑むことはあっても、腹を抱えて笑うことは無かった。腹を抱えて笑う時代でも無かった。第一、母の人生は一に努力二に努力の人生だ。

この先もそれが続くと思うと、大笑いできる人間と一緒に生活したいと思ったのではないだろうか？　確かに、親父は破天荒、悪く言えばその日暮らしのごろつきに近い。だから、美紀ちゃんに逃げられるのだ。でも、母はそれが救いだったのかもと思う。

後年こういうことも言っていた。

「あの人はね、私と結婚できなかったら、大山岬から飛び降りて死ぬって言ったのよ。」

「ほお、一遍転落しとるから助かるのわかってたんじゃん。」と、私。

「私は、人命救助やと思ったんです！」

また、お堅い返事。

こういうとこが堅いよね、この人！

「だけどね、何年かたって、皆とドライブで大山岬行ったら、台風で崖崩れになって、あんたのお父さんが落ちた場所から、子供たちが飛び降りて遊んどったわ！」

「確かめもせんと、結婚して！」と私は笑う。

「そんなこと言ったら、あんたはこの世に存在しません！」

いつも、このセリフで終わる。言うとくけど、遺伝子レベルで文句言えたら、

「やめて！　このおっちゃんだけは！」って言っとるわ！

そんなこんなの両親ですが、最初の赤ん坊が出来ると夫婦そろって狂喜したそうです。

なにせ、行き遅れ同士ですから。それに、どちらの親も大喜びして訪ねてきました。

やがて、昔はやっていたのですが、赤ちゃんコンクールと言うのがあって、私は見事優

勝して何をもらったのか知りませんが、両親を大喜びさせたそうです。

二歳ぐらいのときは、町内の商店街の抽選に、私にひかせたくじが当たって、一升瓶の日本酒がもらえたそうです。

「いやあ、この子は親孝行な子じゃ。」と、一升瓶片手に私を抱き上げて父は意気揚々と帰ってきたそうです。


父親は、新聞記者をしていたので、忙しそうだったのもそうですが、何やかやと出かけて実際不在がちでした。付き合いとか言って宴会もしょっちゅうで、高知県という風土がそれを加速させていました。母親は、それでも愚痴をこぼさず、たまに来る前浜の母や、美恵さんにも助けられて、毎日を過ごしていました。母は一貫して暮らしぶりは堅実でした。

一方父親と言えば、全く帰って来ず遊びまくっていました。

昔の写真帳に、父が派手な腰巻を巻いて、上半身裸で、鼻にストロー突っ込んで踊っている写真がありました。あと、中居さんとは箸けんとかいうお箸の本数を当てる遊びをやっている写真もありました。負けたら酒を飲む遊びです。どう見ても、尊敬出来ない親父です。

父の悪口を言うと、「あんたの父親ですよ！」と言うのですが、「それが嫌やねん！」です。

二年たった頃、父に転勤辞令が出て、道後支局に転勤になりました。道後の唐人町というところに住んでいたそうですが、父の死後ずいぶん経って、（お父さんと暮らしたところ見に行きたい）と母が言って、私の車で道後へ向かったことがあります。でも、どこで聞いても唐人町は無かったのです。

ただ、ガソリンスタンドの兄ちゃんが、

「でもなあ、唐人祭りってあるよなあ。」と、ふと呟きました。

二人で道後の街をゆっくりドライブして、母の記憶を呼び覚まそうとしました。古そうな店の前でいろいろ聞いてみましたが、はっきりしたことは分かりませんでした。母は、

「街並みが随分変わっちゅう。前は、アスファルトの道じゃ無かったき。」

「多分この辺りじゃと思うけど、長い商店街があって下駄屋の美代ちゃんちがあったぞね。」

「下駄屋って。今頃靴屋になっちよらせん？」

「もう、やってないやろねえ。」母は思い出すようにあたりを見渡しました。

「朝起きたらね、ご飯食べてすぐあんたたちはいつも人形を背中に括り付けて、おままごとやってたきに。そんで、夕方まで遊んどった。」

母は、見たいと言った時、すでに肺高血圧と言う病気に罹患していて、酸素吸入器を携帯して、一級の身障者でした。

ただ、結構元気で、酸素ボンベを車に乗せて、自分でスバルの軽自動車を運転していました。

医師はいつ死んでもおかしくないと言っていましたが。

「いつだったか、あんたがセーラー服だったころ、一度道後のこの辺りに来たことがあってね。」

「そうだったかな？」そんな記憶もあったような気がします。

「その時、まだ下駄屋はあったんよ。」母は思い出したように笑いました。

「下駄よりスリッパみたいなのが増えとったけど。」

「おばちゃんいたん？」

「そうそう、あの人とは年賀状のやり取りはしとったし。」

「お店はもうからんけどぼちぼちやってますって。あと、お母さんの後ろに隠れて美代ちゃんが、おったよ。」

「へえ。」

「あんたは覚えとらんかもしれんけど、後ろで恥ずかしそうに俯いとった。」

よく遊んだ二人は、別に言葉を交わすこともなく別れたそうです。

道後では数年暮らしたそうです。記憶にはないのですが、写真を見ると竹垣があって、その中の和風の古びた家が借家だったようで、入り口から畳の部屋に上がるのが異様に高く、あと寝室と居間ぐらいしかなく濡れ縁があって、トイレには中庭に降りなくては行けなかったと言ってました。

しかも、私という子供は、母の後を付いてトイレ（多分座って用を足すポットン便所）

の前まで行くと決まって母の下駄を隠したそうです。

出てきた母はわかっていたのですが、

「誰が隠したのかな？　クーちゃんかな？」と、横の茂みに隠れている私に声をかけます。

すると、母の縫ったピンクのズボンと、白い襟の付いたブラウスを着た私がへへっと言って出てきます。

その頃は、あまりものを言わない子だったそうで、ニタニタ笑って出てきました。

「クーちゃん、お母さんのお靴知らない？」

首を横に振る。

「誰か持って行ったみたいだけど、知らないかな？」また、首を横に振る。

「じゃあ、一緒におやつ食べない？」

すると、待ってましたとばかり床の下から下駄を出してくるのです。思い出すとガキの頃から食べ物に執着していました。

あまりものを言わない子だったそうですが、母の言うことは良く聞いたそうで、そのあたりが、母との強い絆を生んでいたような気もします。おかっぱ頭で、赤い色や、ピンクの可愛い服を着て隣の美代ちゃんと一日お人形遊びしてた娘は彼女の平和な幸せな人生の象徴だったかもしれません。

私が生まれてちょうど二年ほどして第二子の妊娠もわかり、母は出産準備と、私の子育てで大変だったので、大人しく遊んでくれているのは助かったのではないでしょうか？

そうこうするうち、ちょうど私と二歳年下の弟は、松山の病院で無事生まれました。

当時は、男の子を生むのがどの家も喜ばれたのです。大川筋のおじいちゃんと呼んでいた、父の父母はお祝い金とともに、いろいろな品々も持って来てくれました。

ここで、「この方が、山元家のお坊ちゃまですね！」発言が出て、母は黙っていたもののかなりむかついたそうです。

「お坊ちゃまって、山元家どこにあんの？」そう言いたかったそうですが、父母にしてみたら、一度は潰れた我が家の立て直しを、長男の久太郎にしてもらいたいとの思いがあったようです。

ただし、母は今が精一杯でよそ様を助ける余裕なんて、無かったと、思います。そんな、生易しい世の中でも無かったようです。

さて、ある雨の酷い晩の事ですが、唐人町の借家は、部屋の中に湿っぽさが充満していました。

雨は何日も降り続いたので、家にある食料も底をつき、（というか、もともと冷蔵庫が無かったので）毎日近所の八百屋や魚屋へ母は買い物に行ってました。

ちょうど、すぐ近くの新聞社の支局から父が帰ってきていたので、

「あなた、晩御飯の材料買ってきたいんやけど。」と母は父の背中に声をかけました。

「ああ行ってこいよ。」

父は小さい机に向かって原稿を書いていたので、上の空で言いました。

原稿の締め切りが迫っていると、死に物狂いに書いていていました。ちょうど弟はよく泣いて後追いしてくる頃だったので、母はおぶいひもで背中に弟を括り付け、あと、黙って人形と遊んでいる私を見て、

「雨がひどいき、久美子置いて行っていい？」と言いました。

依然として振り向かず、

「ああおいちょけ。」

母は私には声かけず、そおっとサンダルをはきました。

母が玄関をがらがら言わせて開けて、蛇の目傘を開いて外へ出ると、また、がらがらと、締めました。

「すぐ帰るき。」

そのあとに庭の敷石を転ばぬよう踏みしめながら買い物かごを下げて寝ている弟を確認すると、家の外に出ました。

あの頃の家にはどこでも小さな庭が付いていたそうです。ものの数分も歩かないうちに、最初はきゃあきゃあという泣き声がしました。あれはうちの子かしら？と、思ったそうですが、そのあと耳をつんざくようなギャアギャアという泣き声に変わり、母は慌てて自宅へ戻ったそうです。

すると、父親は相変わらず、座って書き物をしていましたが、さっきまで人形と遊んでいた娘が消えています。人形はその場に落ちていました。

「くみちゃん！」

母親は泣き声のする方に向かい押し入れの引き戸を開くと、大泣きしている私が奥の端で小さくなっていました。小さな体がうつぶせになってひくひくと動いています。

母親は私の方に手を伸ばし、抱き上げると、

「あんた！　なんてことするのよ！」と怒鳴りつけました。

父はチラッと振り向くと、

「なんぼいうても泣きやまんき、放り込んじゃった。」

「こんな小さい子を、何するぞね！」

母は私を抱きしめたまま言い返しました。私は母にしがみついたまま長い間しゃくりあげていたそうです。

しばらくして、

「もう買い物は行かんきに。あるもので食べるぞね！」

父親は、それでもさらさら書き続け書きあげると支局へ走って持って行きました。

当時は活版印刷だったので、今と違って紙面の割り振りとか、いろいろ面倒で時間がかかったらしいのです。

印刷工の方とも、父はよく家へ連れてきて、お酒を飲んでいたそうです。

多分、母の漬け込んでいたキュウリの漬物と、みそ汁、おにぎりが当日の晩御飯だったそうです。

私はしばらくは、父にはなつかず、母にピッタリくっついていたそうです。

でも、そうは言うけれど父は晩になると、道後の川沿いの石手川沿いの夜道を私を背負ってずっと歩いてくれたようです。私は歩きもしましたが、すぐ「だっこ！」と言って、背負ってもらうのが好きでした。

公園の中は、お花見の時などあちこちに提灯の灯がともってそのピンクや赤い灯りと、桜のぼんやりと映し出され花々が手の届きそうなほど近くに見えたのです。人々も、ゆったりと歩いていて、当時は着物姿の人も多かったようです。

父が一番困ったのは、（当時各家庭にテレビなど無くて、みなラジオを聞いていました。）帰り道の電気店の前に、まだ黒白の画面だったテレビが展示してあったことです。

町の人たちも、熱のこもった目でそれを見ていたそうですが、後ろの方で父は私を肩車して、見せてくれました。

父も興味があったのでしょうが、

「もうえぇか？」と言って歩き出そうとすると小さな赤い下駄が父親の胸のあたりをトントンと蹴ります。これが帰りたくないと言う合図で、父は肩車したまま長い間見ていたそうです。

あと、昔の乳母車は籐製のものが多く、祖父母のプレゼントらしいが、白い花柄のカバーがついて、あちこちにリボンが飾ってある可愛いらしいものでした。

日曜日など父と母は石手川の公園に私たち二人を乗せて連れていったそうです。やがて弟もよちよち歩きできるようになると、父は二人を乗せて川沿いの堤を長いこと散策してくれました。

多分昼ご飯前で、母が食事の用意する間出ていたようです。確かに、付きまとわれたら、何もできませんから。

ある日帰ってきた父が、

「のぶさんよ。」と、声をかけるので、母が出ていくと私が父にしがみつき、乳母車の中に弟が「ぎゃは」というような顔で乗っていました。

「どうしたの？」と言うと、

「この二人がはしゃいで乳母車の底ぶち抜いた。」との返事。

確かに、覗き込むと、弟は籐製のかごのへりにへばりついていて、真ん中がへし折れていました。

「あらあら。」母は私と弟の頭をぽんぽんと軽くたたきました。弟はまたしても、「でへ！」。

「これじゃあ乗れないわね。」

「底に板敷こうか？」

「どうですかねえ。」

母は少し考えていました。

「また後で考えましょう。お昼ごはん出来ましたよ。」

それからどうなったのか私は知りませんが、まあ、二人とも歩けるようになっていたので、さほど必要では無くなっていました。

私は、そのころ結構うろちょろ下駄屋の美代ちゃんのところばかりでなく、大家さんと言われてた人の家にもお邪魔してました。

そこには、眼鏡を掛けていつも読書しているお兄さんがいて、外階段に座っていることが多かったのです。私は、そのお兄さんに気に入られて、いつも絵本を持って行くと勉強している彼の横に座って本を見てました。外階段の下から六段目ぐらいです。足元に風が吹いてきて、気持ち良かったのを覚えています。

彼は、確か大家さんの息子さんで、高松一高から、東京大学に入り、その後、アラビア石油に就職したそうで、父はいつも自分のことのように褒めていました。

二人が始終階段に鈴なりになっているので、母はおやつを持ってきてくれました。

「おばさん、ありがとう。」彼は礼儀正しく挨拶しました。眼鏡の奥の目がきらりと光ります。

「おばさん、この子のあだ名つけたんだけど。」

「なんていうの？」

「頭がでかいから、過分数ですね。」

母は、ほほほと、笑いました。

「さすがだわ。インテリ君。」

また、ある時、母が私を連れて石手川沿いを歩いていると、柳の木のそばから、

「おばちゃん。」

という声がしました。

母が振り向くと、若いまだ二十歳にもならないぐらいの女の人が、

「この絵あげる。」と言って色紙を渡されたそうです。

「あなたが描いたの？」と言うと、女の人はこっくりと頷いたそうです。母は絵を見て、

「ありがと。」と言って受け取りました。

その後私は十何年かたってその絵を見たことがあります。なんか、当時はやった竹久夢二さんの絵のような画風でした。青い色が勝っていたような気がします。その後二度とその絵は見ていません。

何か沈んだ様子のその女性が母には気にかかったようですが、あの道後の夕方の街並みにふらっと消えていったそうです。


その後、父に転勤辞令が出て、「東京」と聞くと、二人は小躍りして喜んだそうです。今でも東京勤務というと、栄転感があると思いますが、その当時は田舎と、東京の文化度が桁違いだったのです。

上京といいますが、本当に出世感があったようで、もともと母親も東京勤務を望んで日

赤を辞める話をしていたので、いよいよ憧れが実現したと思ったようです。

大喜びで引っ越しの準備をする母親をしり目に、父親は例によって、仕事の口実で逃げ出して、よく出歩き、しまいに母はヒステリーを起こしていました。

転勤とかは十何回したそうですが、私たちが小学校とかになると母の手伝いはかなりしていたと思います。

ていうか、手伝わないと母のヒステリーもけっこうなものでした。弟は、あまり手伝わなくてもともと期待されてないので良かったのですが。

父親は、家事はしないタイプでした。あと、お風呂は一緒に入ってくれてましたが、育児の参加も散歩させる程度でした。

付き合いと称していつも逃げ出していました。

でも、東京行きは母にとっても願望がかなえられたことだったので、事はスムーズに運びました。荷造りが済んで、引っ越しの車が去ると、母は改めて数年暮らした家を拭き掃除しました。がらんとすると、案外広かったんやなと、思ったそうです。

母は子供たちに一張羅を着せると、弟に帽子をかぶせました。私はお気に入りの子犬のぬいぐるみになったバッグを手にしてました。親戚の誰かがお土産にくれたのですが、背中がジッパーになっていて、もらった当初はキャンデーが一杯入っていました。

薄明るい黄色のもこもこの子犬だったと、思います。私はそれがほぼ薄汚れて、ぼろぼろになるまで愛用していたそうです。

土讃線の中で緑の木々や、延々と続く田畑を私たち兄弟は興味深く見ていました。向かい合った四人掛けの椅子に父は窓際の席に子供たちが座るようにしてくれました。

高松まではあっという間で、そのあと、宇高連絡船に乗りました。連絡船の中はごった返していて、席もなかなか見つかりませんでしたが、何とか四人座れるよう空けてくれた人がいました。父は早速新聞紙を取り出して読み始めるし、母は、気が抜けたのかうたた寝を始めました。

私は座席に着くと犬のバッグを持って大人しく座りました。でも、少しすると寝入ってしまったようです。

どのぐらいたったか、気が付くと、

「裕がいないのよ、お父さん！」という母の声でうっすらと目を開けました。

母があわてた様子であたりを見渡していました。船内は人々の吸うたばこの煙でもうもうとしてました。母は緊張した声で、

「お父さん、久美子見とって！」と言って、出ていきました。父は私に、

「そこに座っちょき。」と言って、あたりを見渡しました。お客さんたちの談笑する声がひときわ大きく響いていました。

「退屈したんかのう。」父は小さく呟きました。

そのあと、だいぶたってから、弟は母親に抱きかかえられ戻ってきました。

「ほんまにもう！」母親は弟の頭をポンと小突きました。

「この子ったら、あんまりどこにもいないから、デッキの方へ出てみたら、なんか上品なおじいちゃまの膝に座っておにぎり食べてたのよ。」

母は完全にむくれていたが、父は、

「船やし、どっかにおるぞ。」と、のんきな発言をしてました。

多分船を降りる時も、例の皆の爆走があるので、一歳半にもならない弟を横抱きにし、母は荷物を抱えて横で私がぴったり付いて走ったのだと思います。なぜか宇高連絡船の乗り降りの乗客の爆走は恒例行事でした。

やっと、東京行の列車に乗ると、父も母ももうめいっぱい疲れて座席に座るなりぐっすり眠ってしまいました。私は弟と並んで、少しずつ都会になっていく風景を訳の分からない言葉を交わしながら、大人しく眺めていました。

6．東京

東京で最初に住んだのは、品川の大井町です。おぼろげながら覚えているのは、私たちが借りたのは二階建てのアパートの一階で、駅からも比較的近く、買い物にも便利な場所だったようです。

母は流石に大都会へ来たことでうきうきしていました。弟も私もそのころにはあまり母の手を煩わせなかったようです。真向かいに確か大家さんの家もありましたが、母は時々田舎から送られてきたお菓子などをなぜか私に持っていかせていました。

多分目の前の家だし、大丈夫と思っていたみたいですが、あの家には私の嫌いな双子の男の子がいて、正直行きたくはありませんでした。あの連中が何かしたかというと、多分何もしていないのですが、三、四歳ぐらいの子にしたら小学高学年のノッポの全く同じ顔の男の兄弟は脅威だったに違いありません。

一度など、母に持って行ってと言われた高知のあんこ玉のお菓子を持って行くと入り口に折悪しく奴らがいて、壁のように私を遮り、私は投げ出すように渡して逃げて帰ってきました。

あと、住んでいたアパートの二階に水商売をしているお姉さんがいて、いつも挨拶をしたりするうちに仲良くなりました。彼女はいつも文庫本を読んでいて、よく弟を連れて買い物へ行く母の代わりに、私の面倒を見てくれていました。彼女は子供好きみたいで、二階の窓際に座って（多分公園に面したアパートで窓からすぐ公園が見えました）下で遊んでいる野球少年たちとも顔見知りになっていました。暑い日に二階の窓から少年たち一人一人にバニラのアイスキャンデーを投げて渡しているのを見たことがあります。彼らはミットで器用にアイスをもらうと、ぺこりと挨拶をして走っていきました。

私はあまりものを言う子ではなかったのですが、大人しくうなずいたりするのが気に入ったのかもしれません。

午後になると、度々私は彼女の部屋へ出かけていました。たまに、彼氏らしい若い男性がいることがあり、そうすると、私は空気を察して帰って行ったそうです。

あるとき、彼女は母から預かった私を連れて、お芝居のようなものを見に行ったことがあります。お芝居だったか、寄席だったか全く覚えていないのです。

でも、ただ一つ舞台の上に工事現場の車みたいなのがあって、それに乗っている男性が大声で叫んでいて、そのたびにみんながどっと笑っていたシーンは不思議に覚えていました。それが何なのかわかりませんが、男性が何か言うと、本当にどっと笑いが起こって、なんだか私も一緒に笑っていたような気がします。

そんな幸せな気分のままその場所を出ると、あたりはもう暗くなっていて、私はお姉さんの手をしっかり握りしめて帰りました。家の近くまでくると、家から心配して飛び出してきた母親に遭遇し、母は、

「長い時間ありがとうございます。」と、言って私を連れ戻しました。

品川の記憶はそれ以外、あまりありません。が、問題なのは当時の品川で、その頃、洗濯物を干すと本当に煤で真っ黒になっていたそうです。母はそれをいつも心配していましたが、遂に本人がせき込み始め、私も咳が止まらなくなりました。弟にも兆候があったようです。私への医師の診断は小児喘息でした。

母は父と長い間話し合いをしたそうです。父親も会社と相談して、東京郊外の多摩平に

転居することを決めました。

多摩平に決まると運送屋に荷物を預け、私たちは日野町（当時まだ日野市ではなかった）へ、電車に乗って向かいました。日野町は当時駅前に何もなく、お店も一、二軒ぐらいしかありませんでしたが、親子で手をつないで駅から住宅へ向かって歩いたと思います。

武蔵野を切り開いてできた公団住宅はまだ新しく、その頃の公団住宅でも最新のものだったと思います。駅からまばらに普通の家もありましたが、当時は建築途中の公団住宅も多くあったような気がします。武蔵野の広大な森林の名残があちこちに残っていました。二階建てで庭付きの横並びに五軒ぐらい連なった作りのアパートが多く、等間隔に建っていたと思います。私たちの住処は大きな木が並木道になった広い歩道を抜けて（その両側にも住宅がありました）行きます。突き当たりにキリスト教会があり、教会の経営する幼稚園も併設していました。その横に公団の小さなブランコとかジャングルジムのある公園があって、右に曲がったところの住宅でした。ほぼ真ん中あたりが私たちの借家で、隣に公団住宅の職員の方が住んでいました。

アパート形式の、四階建ての住宅もありました。迷ってしまうような本当に大きな公団住宅です。皆、住宅の横壁に大きく書かれた番号で自分の家を認識していました。母は後年「お父さんの給料はあのころ一万五千円だったのよ。」と、言ってました。母は専業主婦だったので、よく編み物をしたり生地をどこかで買ってきて私たちの服を作ってくれました。あのころ、既製服は随分と高額だったようで、今のように気軽には買えなかったようです。母はよく考えるといろいろ工夫して食卓を整えてくれていました。父が早く帰ってくると、母は必ず父の前にはお酒と、刺身を一品つけていました。それと、父は漬物が好きだったので、母が漬けた一夜漬けとか、ぬか漬けを、出していました。

父は機嫌が良いと、私や弟の白飯の上に一切れマグロの刺身が載せられました。めったにないことです。当時の東京ではまず魚が高かったのか、覚えているのは、ワカサギのフライ、アジの干物、うるめイワシなどなど。ワカサギは安かったのか頻繁に食卓に出ていたような気がします。肉はあまり記憶になく、玉子焼きがよく出たみたいです。あと、天ぷらとかいっていたさつま揚げ。

母は喘息のためとか言って、当時ポパイの漫画でも有名だったほうれん草を、お浸しや胡麻和えにして、食卓に出していました。

あと、麦わら帽子と共に思い出すのが、少し歩いた先にある広い公園でした。大人の足でも歩くとかなりの時間がかかるぐらい広い公園があって、母は毎日散歩と称して私たち兄弟を連れ出していました。

蛇イチゴとか、ヒメジョオンとか、秋の七草みたいなのが一杯咲いていて、森林のままの所も多かったのですが、歩道周囲は日当たりのいい、色々な雑草の生えた格好の遊び場所でした。

ある時は被っていた麦わら帽子を脱いで、さかさまにして野の花を一杯入れて帰りました。

母はそれを玄関先に置くと、私たちに麦茶のコップを渡しました。

私と弟は玄関の外で日の光に当たったまま、それを美味しそうに飲みました。コップはプラスチック製で、薄水色とか緑色だったかもしれません。コップの外に汗を一杯かいていたので、良く冷えていたのだと思います。

やがて母がトマトを一つずつ渡すと私たちはがりっとそれを噛みました。当時のトマトは今のものより大きくて、半分以上緑色をしていて、食感はしっかりありました。もしかしたら塩を付けて食べたかもしれません。食べると青い香りが立ち上ってきました。青臭い味がして、私と弟は口の周りを汁だらけにして食べました。青い香りとトマトに付いた水滴、あの公園のヒメジョオンや蛇イチゴの香りは今でも覚えています。

あの公園には、遊歩道の真ん中に整地された赤土の広場があって、父はそこでよくゴルフの練習をしていました。

クラブを持って、オフホワイトの母好みのポロシャツと、茶色っぽいズボン。多分いつも、パナマ帽みたいな帽子を被っていたと思います。

公園は子供の足だと一回りするのにかなり時間がかかりました。そのうち三輪車を買ってもらいそれを漕いで回っていました。

あの頃出来た新しい公団住宅は、結構自治会の活動も盛んで母は子供二人を連れて参加してました。その頃の主婦は、自分や子供の服は自分で手作りしてる人が多く、母も父の服はデパートで買っていたみたいですが、後は自宅でミシンで縫っていました。

あと、編み物教室も全盛で、母も編み物の機械を持っていました。そのための雑誌もいつも家にあったような気がします。ハマナカとか書いてたかな？　あの頃の主婦はあっという間に子供の洋服も作っていたし、糠漬けも上手く作っていました。

私も近所のけいちゃんと、まみちゃんという友達が出来て始終外で遊んでいました。そういえば自宅から第五小学校に繋がる道に出る前にフェンスで囲った花壇があり、その中は意外に広くて芝生になっていました。

その芝生はスロープになっていて、降りていくと広い道になっていましたが、真向かいに公民館があり、そこでお絵かき教室とか英会話教室もやっていました。その公民館のすぐ前に先ほど説明した大きな公園ほどでは無いけどその四分の一ぐらいの広さの、これもまた立派な樹木の生い茂った公園がありました。そこで私と弟と母はいつもバトミントンをしたり、クリームパンを食べていた記憶があります。

そう、当時スーパーと呼べるようなものは無かったような、でも、駅前まで頑張って十五分ほど歩くと似たような大きな店はあったような気もします。私と弟は母について行っていつも、買い物の一部を持ってあげていたと思います。当時、駅前の大型店でミルクパンという、一斤ぐらいの大きな食パンがあって、家族みんなで食べていたと思います。そのトースターは二枚ずつ入れて焼けるとちんと音がして上から取り出すものでした。そのトースターだと両面こんがり焼けて母がいつもしっかりバターを塗って出してくれました。

うちの朝ご飯はほうれん草のバターいためと、ハムエッグが多かったような気がします。あと、牛乳か、母が絞ったミカンジュースが付いていました。果物が無かったりすると、あの金色の輪の出来る紅茶が出ました。

たまに朝ご飯が和食の時もありましたが、その時はうるめ鰯の丸干しが出ていました。うるめも今のより大きいもので、大根おろしが添えられていましたが、多分頂き物であったような気がします。

あとみそ汁と生卵一個、味付けのり一パック。魚は時には鮭が出ましたが、梅干しにしろ、鮭にしろ今よりずっと塩辛かったと思います。父には漬物が一品ついていました。私たちは当時人気の漫画キャラクターの茶碗で食べていました。弟は同じく漫画キャラクターの絵の付いたふりかけでご飯を食べるのが好きで、何杯もお替わりして母に止められていました。

「腹八分目なのよ！」と怒ると、弟は涼しい顔で、

「大丈夫、まだ四杯目だから。」と言ってまた食べていました。

後年、母は、私と弟の性格の違いを、

「ある時どっちかが悪いことして私に怒られていたら、お姉ちゃんに『お灸据えるから取ってきて。』と言うと「はい」と言ってすぐ持ってきたのよ。逆の立場の場合弟は『お姉ちゃんが謝ってるのに、許したって！』と泣いて抗議したのよ。」という話をよくしていた。

「どちらも正しいんやけどね。」と、考えるように言った。母は人情のある弟の方を評価したかったのかもしれない。ただ、私が何ですぐ渡したのかというと、

「あんたの息子にそんなことできるの？　やれるものならやってみなさいよ！」という気持ちが入っていたと思う。あと、お灸ぐらいいくらでもやってみな！という気もあったかように私は昔から可愛いくない冷静なガキだった。

ただ、朝起きて（喘息を治すためだと思うが）乾布摩擦五分、洗顔、朝食、歯磨きというスケジュールをこなすうちに私はものを言わない、極度に人見知りの子になり、ある朝ついに歩けなくなった。

これは突然起こったことだ。動かない私に動揺して母は八王子の病院まで私を背負って出かけた。多分みんなに聞いて、名医と言われる先生の所に連れて行ったと思う。いろいろ検査をして医師の出した結論は、「筋肉リューマチ」というものだった。この症状は徐々に治ったが、何か月かしてまた起こった。

その時、診てくれたお医者さんは、

「少し自由にしてあげたら？」というような、発言をしたようです。多分母親の四角四面の育児に気づいてそう言ったようです。美恵さんのおばちゃんが後年言ったように、

「これはやれんぞね！と、思た。」です。

ただ、育児をするようになってだんだん母親は人柄が丸くなってきたと、美恵さんも言ってました。

ものを言わない子だった、人見知りするということについては、母親は積極的に近所の商店街に私を行かせるようになりました。

「くみちゃん、緑屋さんのクリームパン食べたいでしょう？」

私がこっくり頷くと、

「じゃあね、お金渡すから買ってきて。」と、言いました。

私はトコトコ買いに行くのですが、いつもあるとは限らないし、無くても言えば奥から出してくれるのか、このお金で足りるのか？と、不安は尽きません。

そのうちにパンが値上がりすることもあり、またお金を取りに帰ったりしました。

幼稚園は、近所のまみちゃんと近くのキリスト教系教会へ行きました。このあたりの目印になる並木道を通り抜けた先の教会です。

入り口に噴水があって、大きな桜の木があって桜の季節が過ぎると、噴水の池の中が桜の花びらと、落ち葉と、合間に桜に付く毛虫が落ちているという、気持ち悪い光景になっていました。それでも、私たちは噴水の水をかき混ぜて遊んでいました。

噴水のすぐ前の教会の建物の二階に神父さんご夫婦が住んでいました。神父さんご夫婦には双子の娘がいて、少し知的障害がある方々でした。当時の私が五歳ぐらいとすると、多分すごく大きかったので、小学高学年か、中学生ぐらいだったと思います。

彼女たちと、私とまみちゃんは、よく遊んでいました。ぎゃあぎゃあ言いながら滑り台や、ブランコに乗っていたのを覚えています。神父様の奥さんは遊んでいる私たちを手招きすると、二階へ上がるように言ってくれました。じつは、これが、私たちのお目当てで、いつも焼き立てのホットケーキとか、クッキーを食べさせてくれました。教会のお菓子はどうしてああ美味しいのでしょう。

奥様は、きれいな方ですが少し悲しそうな感じのある人でした。双子のお嬢さんたちも、多少顔が長いのですが、奥様に似ていました。

「おいしいか？　おいしいか？」と私とまみちゃんに言って私たちがおいしいと言うと、いつも、

「おいしいって」とオウム返しに言いました。

まみちゃんは、

「あの人達、日本脳炎の注射でああなったんだって」と、誰かに聞いたのか言ってました。

あと、並木道の記憶だと、駅に近い方の並木道の多分右側の辺りにポリスボックスがあって「交番」と、書いていました。

買い物に行くとき必ず前を通るので、若い元気そうなお巡りさんがいつも前に立っていて、

「こんにちは！」

と、元気に声をかけてくれてました。私は母につねられると、

「こんにちは！」と、小さな声で返事し、手を振りました。彼は真っ白い歯を見せて笑いかけました。

でも、ある強烈な台風が去ってしまった後、父と並木道を通って様子を見に行くと、ポリスボックスは跡形もなく無くなっていました。

「あーあ」と父。

「あーあ」と私。

それ以後交番が駅前だけになってしまい、ボックス後は整地されて花壇になっていました。

その頃の多摩の丘陵の宅地造成は目覚ましいものがあり、やがて私が第五小学校に行く頃には、東京都でも五本の指に入るマンモス小学校になっていました。

生徒数が多いのと、私服通学だったので、わりと貧富の差がはっきりしていました。

小学校で最も貧乏と思われる家庭のお子さんたちが通学されてましたが、お風呂にいつ入ったかわからないぐらい長い髪が汚れてもつれていて、白っぽい（今になってはどんな服か思い出せないが）服もあちこち破れて薄汚れていました。

肩から汚い手縫いのバッグのようなものを掛けてました。多分姉妹だったと思うのですが、二人とも、特に大きい方は、目がきっと厳しい目つきで、汚れて黒ずんだ顔色でじっと何かに耐えるように歩いていたのが、印象的でした。

その頃は、子供は残酷で、

「やあい、貧乏人！」とか言って草の塊をぶつけたりしてました。

彼女たちは慣れているのか、相手にもせず頭にかかった草を手で払うと黙々と歩いていました。でも、記憶に残っていたのに、それからあまり彼女たちを見かけなくなりました。「どっか施設でもはいったのかねえ。」と母が言ってました。母はその頃ＰＴＡの役員をやっていました。

私には、けいちゃんとまみちゃん以外にもいろいろ友達が出来ました。

その中で覚えているのは、クラスでいつもいじめられていた子で、少し奇形な感じのする顔つきの女の子でした。いわゆるブスタイプではなく、少しいびつな感じのする顔でした。

この子には、うちの母がＰＴＡなどやっていた関係で、仲良くしなさいと、言われていたと思います。

彼女の家はあの並木道に沿って外側に建てられた四階建てぐらいのアパートでした。

私は何となく母に言われるまま彼女と遊んでいた気がします。彼女の家に初めて行ったのは、母に連れられて母の作ったクッキーか何か持って行った時だと思います。

彼女の母親がみんなに娘がいじめられているというような訴えをしていて、母はうんうんと、聞いていた気がします。私は彼女と玄関から中に入りましたが、居間の低い家具の上に置かれたものに目が釘付けになりました。

それは、オウム貝の標本だったと思います。大きな巻貝の一種ですが、初めて見る私は非常に驚きを受けました。らせん状に巻いた大きな貝殻もそうですが、貝殻の茶色の模様も斬新でした。今でもその事だけ覚えていますから。造形の美しさに圧倒されました。

彼女の父親は船員さんで滅多に帰らないこと、また、あまり育児の相談ができないことなど細々としゃべっていましたが、あとはカルピスを出してくれたので、彼女とお絵かきなどして遊びました。それより私はすっかりオウム貝にはまってしまい、その後、再々彼女の家にお邪魔した気がします。

私は、夢の中でオウムガイがイカのように群青の深海を泳ぐ夢を何度も見ました。妄想に火がついた感じです。

母は小学校へ入ってすぐに私たち兄弟を集会所のお絵かき教室や、習字教室に通わせました。あと、英会話教室も集会所でやっていて、教育熱心な父兄が子供さんを連れてきていました。

英会話教室は私はあまり好きではありませんでしたが、一度先生が立川の米軍基地のアメリカの小学校へ連れて行ってくれるという話が出て、この時は大変盛り上がりました。見たこともない基地の街に、父兄たちも興奮していたと思います。先生は当時日本語の教師として基地で教鞭をとっていたそうです。

当日バスをチャーターして着飾った父兄と、子供たちを乗せて立川へ向けて出発しました。

私たちは遠足気分でしたが、父兄はちょっと緊張していました。日野町は（すぐに日野市になりましたが）ちょうど立川と八王子の間の東京のベッドタウンでした。

その頃は、テレビ局の社員とか、大学の教授とか、いろんな人々が住んでいて、活気がありました。私は母にかぶせられたベレー帽にストライプ柄のしゃれたワンピースを着ていました。

弟は蝶ネクタイに白いシャツにサスペンダー付きのこげ茶のズボンといういでたちでした。米軍の基地にはその頃戦車があったような気がします。しかも戦車の大砲が鉄条網の向こうから日本の方を向いていました。

バスはゲートの前で止まり検問所で許可されるとゲートが開き、方向転換して中に入りました。戦車は何台もあったような気がします。

バスから降りると、先生がやってきて、アメリカ人の教授たちに私たちを紹介します。いつも思うのですが、アメリカ人はフレンドリーでにこやかです。皆さん背が高く、ピシッとしているのが、印象的でした。

私たちが一塊になってもぞもぞしていると、まず、大柄な女の子がやってきていろいろ挨拶しますが、如何せん英語でペラペラなので私たちは固まっています。彼女が最後にあーあ!という風に大げさに両手を広げると、その後に続いて、小太りの男の子を引きずった男子がやってきて、日本語で、

「このデブやるわ!」と怒鳴りました。

引きずられた小太り男子はバタバタ抵抗してました。

これは、皆分かったので、わっと笑い声があがりました。その後、いつもの英語の先生

が、すらっとした、茶色い髪のそばかすの多い、眼鏡の女の先生を連れてきました。

「この人が、この学校の先生で、彼女の受け持ちのクラスを見せてくれるそうです。」と、言いました。

私たちは父兄を入れて四十名ほどでしたが、ぞろぞろと彼女の後について行きました。

普通の木造の校舎でしたが、どちらかといえば日本の校舎よりポップな色合いでした。壁の絵の貼り方もどちらかといえば、大雑把なのですが、押しピンなんかもカラフルで可愛くて、なんかおしゃれでした。

そこへ入って行ったのが二十名ずつ分かれた日本人親子です。多分教室の中には十五人とか、もっと少なかったかもしれません。髪の色も肌の色も違う子供たちは多分日本で言う小学四年生ぐらいの子たちでそれぞれに私がうらやましいと思う、可愛い服を着てました。アメリカの子供たちのポップさには日本人は負けている。これでもかというぐらい色を多用するが、嫌味がなくまとまっている。髪型も、いろんなゴムでくくったりしていて、崩し方が、超自然。もともとのウェーブが羨ましい。

皆さん、目も口もオーバーサイズで顔の建蔽率違反！

そこへいくと、地味だよな！　私達。

母がとかし付けたまっすぐな黒髪がもうダメ！　私も弟もホームメードのきちんとした服装。だいたい、服装って崩してなんぼなんだ！　先生は教壇なんて一段高いとこじゃなく子供たちと同じ目線！

先生と生徒も世間話風の話し方だ。何言ってるのか殆ど理解はしていなかったが、雰囲気で分かるっていうものだ。

あーあいいなあーと、見ているとすぐ時間が過ぎてしまった。私たちの先生は、

「それではご挨拶して。」と言うとさっさと外へ誘導した。

「これからお昼ご飯食べに行きますよ！」大声で言うと、みな嬉しすぎて、大騒ぎになった。

「こら！　騒ぐな！」先生は皆をにらみつけると、廊下をスイスイ歩いていく。さすが教鞭をとっているだけあって、すれ違う皆が挨拶してくる。

奥の方に大きな講堂みたいなのがあって、中は長いテーブルが何列も並んでいた。その端の方に皆を誘導すると、早速トレーに入った給食が配られてくる。

私の前にも配られると、私ははあ！とため息をついた。

先生が言った「ポークチャップのケチャップ煮」は覚えている。

あと、ミルク、バターロール二個、バターと、イチゴジャム。そして、桃の缶詰め三きれ。

バターロールのつやのある色。洒落たポークチャップ（多分今まで食べたことのない）のトマト味。バターとジャムは小さな使い捨て容器に入っている。桃の黄色くつやのある小ぶりな形。日本の給食とは比べ物にならない贅沢さ！

あーあ！　これじゃあ何回戦争してもかなわないなあ！と、実感したものです。不特定

多数の人間に同じ規格の栄養たっぷりの食事を提供できる国は、やはり優れている！　子供心にアメリカさんと戦ってはいけないと思った瞬間です。

そうして、お昼が終わったら向こうの背の高い女の子たちとドッジボールをして、さんざん負けました。

勝てる気がしないですよね！　でも、楽しかった。

帰りは、バスに向かってみんな手を振ってくれました。母もこのあたりから、英語を話したいという気分になったらしく勉強を始めました。

それはいいのですが、クリスマスに私が、ジングルベルの歌を歌わなければならなくなり、母は大きなレコードプレイヤーを買ってくれました。そして、ジングルベルのレコードを買ってくれたのはいいのですが、何を思ったのか、フランク・シナトラのすごいジャズっぽいミュージックを買ってきたのです。

イントロダクションで、すでに、スウィングしているので、わけがわからないことになってしまいました。これは子供には難物でしたが、母はいたってお気に入りだったようです。あの人に、シナトラって。どういう感性なのか。

だが、母はくそまじめなくせに父のような破天荒がお好きなようで、三国連太郎が大のお気に入りだった。

ずっと後になると、彼の息子の佐藤浩市に乗り換えている。というか、彼が死んだからか。

時々?と思うことがある。が、ぶれてない。

極め付きは、アメリカの同時多発テロのニュースを見ていてビン・ラディンが出てくると、

「あら！　いい男ね！」と言い、

「あの人はやってないって言ってるわよ。」なんて擁護するので、

「どう見たって違うやろ！」と私は言い返した。人間は自分に無いものを求めるのかもしれない。というか、憧れてたんやろな。

ちなみに、女性で好きなのは、女優の浜木綿子。（多分、知らないだろうけど香川照之のお母さん）

これは、違ってそうで、なんか、母に似たところもある。

ちなみに私の好きなのは、子供のころは、ショーン・コネリーで、その先はアントニオ・バンデラスかな。今、考えると、和洋違うけど、母似か。

弟は、一時期、岡田奈々のポスターを貼っていたことがあるが。（これも皆知らないネ）

父は、歌も音痴だけど、芸能音痴でもある。

昔、新聞社を訪ねて来た男性に対応するのに、

「あのー、山本リンダさんのチケットなんですけど。」と、言われて、

「山本倫太？　わしゃそんな男知らん！」と、言って大顰蹙！

父は、よく品川で飲み歩いていましたが、多摩平に移ってきてからも、付き合いとか称して一向にやめませんでした。やめる気などさらさらないのですが。ここは、母もどういうわけか容認していて、おかげで父はほぼ毎晩、千鳥足で帰ってきていました。

それも迷惑かけなければいいのですが、決まってカギの所在が分からなくなり、それでも、どうにかたどり着けた集合住宅の前で、

「のぶいさーーん。帰りましたよーー。鍵開けてやーー！」と、大声で怒鳴るのです。

私と弟はすでに布団の中でした。あの呼び声で一階にいた母は起こされるのです。

何せ、出てくるまで叫び続けるので、出ないわけにいかないのです。

私は、子供心にこの分かりにくい団地群から、自宅を間違えないで帰ってくるのが不思議だと思っていました。帰巣本能か？とも。子供の私たちは、たまに昼間でも、分からなくなって、迷い子になる時があるんですもの。ましてや、深夜十二時過ぎに、真っ暗闇の中を駅から歩いて帰っているわけで。

いや、もしかしたら、駅からタクシーだったかもしれません。ああそうに違いない。

「大声で私の名前呼ぶのやめて頂戴！」と、母はいつも言ってました。

父は罪滅ぼしのつもりなのか、交際費で飲みに行った先の寿司屋で、寿司の折り箱を作ってもらい、それをぶらぶらさせながら帰ってきます。

母は寝巻の上にカーディガンを羽織ってブツブツ言いながら出ていきます。ドアを開けると、ほろ酔い顔の父親が顔を出し、

「いよ」とかなんとか言って上がり込んできます。

「何時だと思っているの？」

その時には、弟は熟睡ですが、私はこっそり起きて二階の手すりにつかまって上から父親を覗いています。

すると、父は何を思ったのか、そのままの格好で上の寝室に上がってきます。一家四人が寝ている南向きの部屋です。

父が上がってくる音を聞いて私はすぐ寝床に飛び込んでいましたが、父は上がってくると手前の熟睡弟は放っておいて、私をグイグイゆすって起こすと、

「ほら、久美子！　寿司買うてきたぞ！」と言うと、ひもを引っ張って外し、緑色の包み紙を取り払って、薄い檜のふたを外し、寿司を私に見せます。ただ、父がぶらぶらさせるので、握りずしは仲良く片側に寄ってます。その中から、マグロの握りを半ば寝ぼけている私の口に強引に突っ込みます。

私も、うがっと、言ったものの、すし酢の良い香りにつられて、寝ぼけ眼でむにゃむにゃ口を動かします。

うしろから上がってきた母親は、

「何てことしてるんですか！」と、怒り出し「下で着替えてください！」と、怒鳴ります。父親から寿司折りを取り上げると、包み紙と、えんじ色の紙の平べったい紐も取っていきます。

父はコソコソと下へ逃げて行きます。私がそのまま寝ようとすると、振り返って、

「下で歯を磨きなさい！」と言いました。しっかりしてるわ、この人。

私が降りていくと一番下の階段に背広が掛けられていて、その下にネクタイがへびのように伸びている。その次はズボンで、くにゃりと通路に落ちている。

そしてその先の畳の部屋には当のご本人が、白のシャツと、ステテコに靴下を履いたままの姿で大の字に伸びています。

私はその親父をまたいで洗面所へ行きます。歯を磨いていると、どうしても起きない父親に上から毛布を持って来て掛けている母の姿がありました。

それは、我が家の恒例行事になっていて、棟続きの人達は、多分迷惑したと思います。

次の日の朝になると、隣の公団住宅の職員の奥さんが顔を出し、

「おたくは、お元気ですこと！」

と、これがまた毎回の最大限の嫌味を言ってました。

多摩平は武蔵野を切り開いた土地だったので、冬は結構寒く、私たちは公園で百五十センチ近くある雪だるまをいつも作っていました。雪も、深々と降って、クリスマスの頃はいつも熱をだしている私に母は、

「こんな雪の日は、
しんしんと雪の降る日は、

狐の親子が窓の外まで
やってきました。」

という、おとぎ話を聞かせてくれて、曇った窓ガラスの中から私は、狐の親子を待っていました。

ある雪の日に、お父さんは待っていたけど、とうとう帰ってきませんでした。

お母さんは、

「昨日はお父さん帰って来んかったねえ。」と、寝床の中でつぶやいていました。外を見ると、一面の銀世界で真っ白な雪の上に誰の足跡もついていませんでした。一夜にして真っ白になった景色に私は大喜びしたと思います。

母と並んで窓辺から外を見ていると、なんか、ドアのチャイムが鳴ったのです。

「今、鳴ったよね。」母は私に確認を求めるように言いました。

私が頷くと。母はカーディガンを肩にかけて、急いで下に降りて行きました。

「あら、お父さん！」下で、母の驚いたような声がしました。私と弟は布団から飛び出すと下へ降りていきました。

聞けば、昨夜は夜半から大雪になったのですが、父はその日も飲んで電車に乗り、寝込んでしまって、終点まで行ってしまったそうです。高尾のあたりだと思います。

駅員さんが、駅長室に通してくれ、湯気の立つやかんを乗せたストーブの前で二人で話をしながら過ごしたそうです。

その後始発の貨物車に乗せてもらって日野駅でおりて、三十分以上雪の中を歩いて家に帰ったのです。

冷え込んだ朝になると、たたんだ布団の向こうの窓ガラスを開けると小さな氷柱が下がっていました。私はいつもその小さな氷柱の列を指先で触って確かめていました。

この住宅で一番素敵だったのは、多分富士山が見えたことです。

窓ガラスを開けると、青い、多分真っ青な空に富士山がキレイに見えました。

ありえないことですが、子供のころいつも、見えたので、子供の私は全国どこへ行っても富士山が見えるものと確信していました。

ところが、私が小学五年になる頃に父は新聞社の高知本社に転勤になって、家族で高知へ帰りました。その時、富士山がどこからでもは、見えないと、初めて気づいたのです。

父が朝、ゴルフの練習をしにいく公園からは、富士山の手前に、小西六とか、フジカラーとか書いた灰色の煙突が林立しているのが、見えたものでした。

ある時、これも不意に起こったことでいつだったか覚えていないのですが、いつもより早く父が帰ってくると、

「妹のみどりが結婚するんやと。」と言いました。

上の妹の美智子さんの方は、ときどき手紙も来たし、お中元やお歳暮にメロンやミカンを送ってくれていた。美智子さんのおうちは菜園場町で果物屋をやっていました。

美智子さんの下の妹が山元家の一番下の女の子だったと思うのですが、これがなかなか

のものだったらしく父はたまに苦々しく話していたことがあります。

どうやら、そうとう跳ね返ってたらしく、横浜あたりの進駐軍相手のキャバレーで歌手とかホステスをやってたみたいです。

私は、倒産した家の娘としては、やるな！と、思っていましたが。

「結婚式に行くの？」母は多分お祝いの心配をしてたみたいです。お金ない、お金ないが、その頃の母の決まり文句でした。

私はどの服着ていこうと、思っていました。お母さん服作ってくれるかな？

「いやその……」父の声が小さくなります。

「それが、アメリカへ行くんやと。」

「？？？」母は、父の顔を見ました。

父は腹をくくったように、

「アメリカ兵と結婚するんやと。」

一瞬家の空気が変わりました。凍り付いたように動かなかったのです。

というか、意味分からなかったのです。私は、立川の米軍基地を思い出しました。明らかに戦車の大砲は日本を向いていました。

気を取り直して母が言ったのは、

「お祝いどういたしましょう。」だった。

父は、「みどりと電話で話したんやけど、何にもいらんやと。そやけど、今度の日曜日に羽田から発つから、みんなで見送りに来て欲しいって言っとったわ。」

「うわあ！」羽田へ行けるというので、私たち兄弟は、テンションマックスでした。行きたくても、行けなかったからです。

母は気難しい顔をして、色々考えていました。

「お祝いはいらんのやぞ。」父は母に念押ししましたが、母は、

「そんな訳にいかんでしょう。」と、言った。

「あなた、一人でアメリカへ行って、誰も頼る人いなかったら、お金なかったら困るでしょう。」当時日本からアメリカへ飛ぶのに、今では信じられないような費用がかかりました。

「あいつ、稼いだ金あるやろ。」

「それはそれ！　あんたは山元家の当主やから。」母は、そう言ってまた難しい顔をしました。

何とかしたかったのでしょう。

そんなことは、親に任せて私たちは次の日曜日を心待ちにしていました。

母は、多分教科書に出てくる貧しそうな進駐軍の花嫁とかいう着物姿の日本髪の女性の写真のイメージだったと思います。

弟と私は、いろんな乗り物に乗れるし、母が飛行場のレストランでご飯をおごってくれるというので、その日まで毎日がバラ色でした。

「ぼく、かつ丼。」

「私は、ホットケーキ。」

「お姉ちゃん、マカロニグラタンちがうの？」

「あれはいかん。この前頼んだら、すごい時間がかかって、お母ちゃんに怒られたわ。」

私は悔しそうに言いました。

そうこうして、日曜日になると、朝から私たちはてんてこ舞いでした。私は、母制作のピンクのワンピースで、花の一杯ついた帽子、弟は蝶ネクタイにサスペンダー付きのズボン、父も茶色のスーツを着ていました。

母は、自分制作の紫のスーツを着ていました。

「ねえ、私あのワンちゃんのバッグ持っていきたい。」

「だめです。あっちの、ピンクのハンドバッグにしなさい。」

羽田は、そういう上品なところだったのです。

私たちは電車を乗り継いで、羽田空港へ着いた。その近くのホテルにいるということで、母は、

「あら、あの人こんな立派なホテルに泊まってるの？」と言いました。

「いやあ、このへんここしかないで。」

父はロビーを歩きながら、それでもきょろきょろしてました。母も落ち着かないふうでした。ホテルのフロントで部屋を聞くと、制服姿のホテルマンが、連絡を入れてくれ、

「どうぞ、お部屋までお越しくださいとのことです。」と言いました。床はじゅうたんが敷き詰められて豪華なシャンデリアが煌めいていました。エレベーターに乗って上階へ上がり開くのを待って私たち兄弟はワクワクしながら降りました。一番気おくれしていたのは、多分母親だったと思います。

白い部屋のドアをノックすると、

「はい」と、返事があって薄くドアが開きました。

「おう、みどりか。」父が言うと、

「お久しぶりやね。」という、少し低めの女性の声がした。母と父が壁になって、向こうが見えないけど、白いベッドの上に大きなカバンを広げて、荷造りしているようでした。白いハイヒールの足先が見える。どうやら、淡い水色の仕立ての良いスーツを着ているようでした。

「お子さん?」と言う声がすると、父が見せるのに動いて、彼女が見えました。

「久美子と、裕です。」と、母がお上品に言いました。

「可愛いねえ。」と言うと、

「お前、英語ぺらぺらになったせいか、日本語の発音おかしいぞ。」と、父が言いました。

彼女は、荷物を入れていた手を止めて、私たちの方に歩いてきました。

その時、変なことですが、これが外国人か?と、思いました。

髪を内ロールに巻いて、はっきりとしたジャッキーのような顔の輪郭、そして、山元家独特の奥二重の大きな目、薄い水色のノースリーブのタイトなシルク素材のワンピースを着て、その上に羽織るジャケットが机の前の椅子にかかっていました。ぼんやりしたスタンドの光で、光沢のある生地が光っていました。多分タイシルクのようなしっかりした素材だったと思います。

弟は、彼女が近づくと、私の後ろへ逃げました。

お母ちゃんが可哀そうって言ってた人、この人？　どこが可哀そう？

私は、思わず母を見ましたが、彼女はすっかり気おされて黙っています。

「旦那はどうした？」

と父が聞くと、

「仕事で先に帰ったから、切符送ってくれたの。」と言いました。

彼女は、わに革のハンドバッグから写真を出して見せてくれました。私はその時の彼女のコツコツというハイヒールの音がすごく印象に残っています。高いピンヒールの床に当たる音。

結婚相手は、いわゆるゲルマン系と思われる白人で、青い目に金髪の、うーーん、日本にもどこにでもいそうな、人のよさそうなおっさんでした。テレンスとかいう名前でした。

「じゃあ、もう時間だから。」と言って、彼女がトランクを締めました。白くてエナメル質の光る優雅なトランクでした。

「元気でな。」私たちは彼女に一礼しました。そして、飛行場の見送りの展望台に皆で移動しました。ＪＡＬだったと思います。後翼に鶴のマークが入っていました。

銀色の階段が長く降ろされていて、人々が徐々に乗り込んでいます。ずっと向こうから彼女が現れました。

彼女も、手荷物を預けたのか、ゆっくりと歩いてきましたが、なんと、オードリー・ヘプバーンのような大きな白い帽子を被って、耳からこれでもかというぐらい大きな三日月型のイヤリングをしてました。イヤリングは彼女の動きにユラユラ揺れてました。しかもサングラスをして、わに革のバッグを持ってました。そして、あのハイヒールでタラップを登っていきます。まるで、女優然とした足取りでした。そして、タラップの一番上で、ゆっくりと振り向いてこっちを見ていましたが、私たちが分かったのでしょうか？　じーと見ていたので、分からなかったのかもしれません。やがて片腕を上げると、大きく振りました。

彼女が飛行機に乗り込んでしまうと、私たちは思わず肩が、二センチぐらい落ちました。飛行機はやがてタラップを外し、ゆっくりドアを閉めると離陸体制に入りました。滑走をしながら徐々に飛び上がっていく飛行機を見て、私と弟はほぼ呆然としてました。

彼女には、その後一度も会っていません。気軽に日本へ帰って来られる時代でもありませんでしたから。

その後、何年か経って。ミネソタから一通の封書が送られてきました。お元気ですか？

という文面で、今、楽しく暮らしていること、近所に日本人会があって、ときどきおでんを作って食べてますと、書いていました。

中に二枚写真が入っていて、一枚はショッキングピンクのジャンプスーツを着たみどりさんがトラクターに乗っている写真、もう一枚は旦那のテレンスがトウモロコシ畑で胸当て付きのジーンズを着ている写真でした。なんでも、夫の生まれ故郷のミネソタに帰って、住んでるとのことでした。野菜を作っているのですが、住んでる土地は、何処まで作ってもいいということでした。

追伸に、

「お兄さんの送ってくれたほうれん草の種を撒くと、ほうれん草は二メートルにもなりました。あと、大根の種を植えると、ラディッシュみたいにしかなりません。」と、書いていました。土地の質が違うのかなと、書いてました。

このころ私の喘息はそんなにひどくなく、発作も起こらなくなって落ち着いていました。母は住宅の庭に芝生を敷き詰め、右側の隅っこを掘って、小さな池を作りました。池には金魚を放していました。青木が植えてある竹の垣根のすぐ前には柿の木も植えていました。芝生のある家、レースのカーテン、縦型のピアノには、母の幸せな家庭像が詰まっていたのだと思います。

私には、金髪の人形を与えて、私自身も母が作ってくれたワンピースを着ていました。

弟もいつもお坊ちゃま風でしたが、二人とも母親の夢をぶち壊すほど泥だらけにしていました。付け加えると、柿の木は数メートルに大きくなっていましたが、私たちが垣根を登って出入りするようになり、垣根は何年か経つと折れ曲がってぼろぼろになり、柿の木は枝が折れていました。

垣根は多分百五十センチほどの高さはあったと思いますが、子供たちは玄関よりここから入るのを楽しみにしていました。つまり、お坊ちゃまでなく、ただのガキですね。垣根の外にレンギョウや、山吹、コデマリなどが植えてあって、季節には美しく咲いていましたが、子供はそんなことどうでも良かったのですね。

前浜のおばあちゃんと、美恵おばさんは何回か訪ねて来てくれました。おばあちゃんにとって東京に来るのは大変だったと思いますが、それでも私たちの顔を見に、背中に高知のお土産を一杯背負って、来てくれていました。美恵おばちゃんは、いつも東京駅でおしゃれなボンボン菓子など買ってくれて、私は大喜びでした。

母はおばあちゃんや美恵おばさんが来ると、みんなで高尾山とか、動物園に連れて行ってくれました。今思うと、母は上手にお弁当とか作ってくれていました。

母は、海苔巻きが上手で、きれいに見えるのですが、私はあまり好きではありませんでした。なぜかというと、多分健康に良いからというのが理由だと思いますが、具に、ほうれん草と人参と、卵焼きが入っていたからです。おもいっきり、うまくなかった。

あと、母は高知から送ってくる銀色の大きな箱に入ったケンピをいつもおやつに出してくれましたが、私はそれが大嫌いでした。

芋ケンピは美味しいのですが、その原型のケンピは小麦粉に何か混ぜて棒状に焼いたお菓子で、子供が食べると、口の中の水分をガッツリ取られました。口の中にいつまでもこびりついているのも嫌でした。

弟は私と一緒にお習字、お絵かき、英会話、ピアノとかのレッスンに行かされていましたが、結構さぼっていました。

ピアノは結局私だけが大学へ入る前まで習っていました。なので、最後はベートーヴェンの「熱情」とか、弾けるようになっていました。

英語は、文法が苦手だったような気がします。全くお手上げでした。

習字は、母は細筆で書くひらがなが美しいと褒められていましたが、最後師範まで取っていました。

私はお絵かきも、書道も上手だけど、大胆不敵なタッチという評価でした。趣味には性格が出ると思います。ちなみに弟は途中でやめてました。

母にとって東京の生活はもしかしたら、彼女が夢に描いた幸せなハイグレードな家族の姿だったのかもしれません。団地の中の人々も当時のインテリタイプの人々が多かったような気がするし、奥様や子供たちも最先端のものを手にしていたようです。

弟と私は楽しく学校生活をし、お稽古に行き、順調に育って行きました。

父は時折、取材旅行をしていました。一番覚えているのは、伊豆大島の三原山の噴火の時に、ヘリコプターに乗って三原山上空に行ったことです。さすがに母は心配してましたが、仕事なので何も言いませんでした。三原山はそれまでにも度々噴火してましたが、その時のは少し規模が大きかったようです。

父が帰って来たのは、出掛けてから三日目ぐらいで、真っ黒に日焼けして、旅行バッグを振りながら遠くから帰って来るのが見えました。

私たちは玄関から走り出して父親に飛びつきました。

「おうおう！」と、言って父は私たちにカバンと、紙袋を渡しました。弟は、バッグには見向きもせず、紙袋の中身を確かめていました。私は、

「お母さん、バッグどこに置くの？」と声をかけ、母が言った、洗濯機の横に置きました。弟はいちいち包装紙に包まれたものを重さを確かめたりしていましたが、父は、

「ほい」と言って、お菓子の包みらしいのを弟に渡しました。それから、洗面所へ歩いていくと、バッグの中から小さい紙包みのものを二個出して弟と私にくれました。弟はすぐ破くと、小さなガラス状のピラミッド型の容器に入った小さなサボテンで、サボテン公園とピラミッドの土台に書いてました。底の部分が、緑と赤茶色だったので赤茶色を私がもらいました。弟はすぐに興味を失ったので、それは長い間居間にある縦型ピアノの上に飾られていました。それから、父はバッグの底の方を探って、私に、

「手を出してみ。」と言った。私が言うとおりにすると、

「はい」と言って手の上に黒い石のようなものを乗せました。

「うわ！　ごみや！」弟が叫びました。

「三原山の溶岩や！」と父が言いました。

私は溶岩というものをその時初めて見たので、弟と違って不思議な気がしていました。黒くて、穴だらけで、奇妙なぐらい軽い。

その軽さが、今まで知っている石とは違うんだな、という思いにつながります。

私はその石をいつまでも持っていて、父が持って帰った他の岩石の標本と一緒に大事に持っていました。あの石は、私が結婚してそのあとも実家にずっとあったと思います。結局捨てたのは多分母だと思う。

7. 台風の話

その後、父はよく室戸台風の話もしてくれた。彼は盛って話すのでどこまでが真実なのかよくわからないところがあるが。

あの時は九月に本社に帰った時に、カメラマンなんかと一緒に取材しに行った。だいたい室戸が台風の通り道になるからその日の朝から雨風のひどい中を室戸まで会社の車で行っとった。途中の風景とかカメラマンが記録しとった。

その時は、まだ室戸に新聞社がいつも使っている旅館があったからそこで夕方からやることもないし、新聞社に状況報告した後、酒飲んでみんなで無駄話してたんじゃ。谷さんとこの犬の話とか、やまちゃんとこの、出産のお祝いいくらにするとか。まあ下らん話や。雨と風はますますひどくなってきて、旅館の建物がごとごと音立てちょった。酷いときは電気がついたり消えたりしとった。

雨戸閉めちょったけど、もうごとごと音立ててはがれそうやった。

カメラマンは「雨漏りしたらどうしよう。カメラ高いき。」言うきに、防水シートにくるんじょき、と言うたがぜよ。けんど、防水シートでおおっちょいて、ぼっちり！

その時も雨風はひどかったが、寝るしかないわな。わしは、うるさいのう、といいながら寝入っちょった。酔うとるし。あとで、「きゅうさん、あのしけでよう寝るわ思たわ。私ら生きた心地もなかったのに。」と、せんど言われた。

もう一人の機材さんが、

「それもやけんど、きゅうさんのいびきもこじゃんとすごかったぜよ。室戸台風もびっくりでございます。」

激しい雨風は勢いを増していき、後のスタッフは生きた心地もせず、旅館の人たちは建物に補強の板を打ったり、大騒ぎやった。おかみさんはあちこちに雨漏りのバケツを置いていた。スタッフはなるべく濡れなさそうなところに機材を移し、上からおかみさんにもらったビニールとかでぐるぐる巻きにしといた。

「これでええやろと思うて、そいたら明かりが消えるし、久さんのいびきが聞こえるし、ばったり！　寝れんぜよ。」

「わしも寝れんかった。どっちかいうたら、きゅうさんの、いびきじゃ。」

そうこうしていると、明かりが消えてもうて、真っ暗闇。

どのぐらい寝たかわからんけど、誰かに起こされたんよ。わしゃあ熟睡しとったし。

「うー？」と言って、むちゃくちゃ叩き起こすやつを怒っちゃおと、思たぜよ。

「うー！」と言いながら、半眼開けて上を見たら、なんと、星が見えたき。

ありゃあ？　まだ夢を見ちゅうがかよ?と、思うて頬をつねったけど起きとる。何でか、上はきれいな夜空やった。本当に静かな夜空や。星がキラキラ光っとった。あんなきれいな星空は見たことなかったぜよ。わしはきれいやなあ!と、言うた。自分をたたく手がひどくなった。ほほを二発ぐらい叩かれた。

「久さん！　大変や！　台風でこの旅館！　天井飛ばされとる！」

「ありゃあ。そやけど静かぜよ。」わしは平然と言った。大きく伸びをした。

「あほか！　今室戸は大きな台風の目に入ちょる。旅館は安全かと思たら、このありさまや。ここにおったら。台風の目が過ぎたら旅館と一緒にとばされるぜよ。」

「人間が飛ばされるち、どういうことや。」

「早う！　早う！」と、スタッフ。カメラマンがわしを起こす。

「どういうつもりじゃ。楽しく寝とるのに！」

「この中でよう寝れますな！」スタッフはかんかんじゃ。

父は着のみ着のままで暗闇の中をスタッフと這い出しました。入り口で自分の靴を手探りし、やっと探して外に出ます。旅館のご主人が懐中電灯を付けて渡してくれ、山の方へ行った方が安全ですと言った。こんな時やから父ら以外泊まっている人はいませんでした。

「傘要りますか？」と、言われたが、空を見ても風一つ吹いてないきに。

「いらんいらん。あんたらも気いつけてな！」

スタッフが、

「きゅうさん！　はよしいや！」と懐中電灯を振って言った。宿のご夫婦が二人して頭を下げた。

「はよ！　はよ！」

二人にせかされてわしらは急な山道を登って行ったが。ちっくと見える海の方を見ると沖合が真っ赤になっちょった。

ああ、明かりが見えると、あの時沖合に漕ぎ出した人も多数いたという。

「沖は偉い明るいのう。」

「あれは、前触れじゃ。」

一緒に上がっていた一人がそう言った。その声をきっかけにするようにいきなり大粒の雨が降り出した。

「傘借りとったらよかったかのう。」

「どうでもえいき、ついてき！」スタッフはえらい怒っちょった。

そのうちに頬をさーっと風が吹いてくる。なんか、冷たい、ぞーとするような風ぜよ。いきなり、風が吹き荒れ始めた。雨も前にもまして強くなる。こりゃあたまらんぜよといいうばあ吹き始めた。もう、みんなバラバラになっていった。とにかく動かれへんのや。

「みんな、飛ばされんよう頑張っちょき！」

カメラマンの悲鳴のような声が聞こえたきり、もう顔もまともに上げられんかった。捕まるもんが何もない。松の木が枝をバシバシ揺らされている。大きくうねっちゅう木もあった。

「きゅうさん、大丈夫か。」スタッフさんの声がした。

「わしゃあ大丈夫やき！」

わしは大声で答えたけど、口に雨がこじゃんと入ってきた。

多分皆に聞こえちょらんかったと思う。あたりの草がバシバシ殴ってくるし。そのうちメキメキ言うちょった木が大音響で空高く昇って行ったがやき。そら一本やない。何本もほんまに空に向かって飛んで行ったきに。生きた心地もないぜよ！

こんな光景は初めてじゃ！　生きた心地もせんとはこの事や！　わしはそばの小さい枝

をつかんだままうつぶせに地面に寝転んだ。もう動かれへん。そう思うと、なんか腹が決まった。ここで死んでもしょうがない。

ここで死んでも、しょうがない。

そうつぶやきながら、頭から滝のような雨を食らって息も出来なかった。朝になってるのに、辺りは真っ暗だった。

もう、待つしかないと、思うと本当にその時ばかりは、神頼みだった。とにかく、助けとおぜ！　この嵐何とかしとうぜ！

もう誰の声もしなかった。木々の断末魔のような音と、ひゅーんというような奇妙な音と、もう顔を上げる気力も無かった。力いっぱい握りしめた枝が折れると、また、別の枝を握った。何かにつかまらないと助からないと思っていた。風の力で体が地面から浮き上がるのが分かった。まるで空を飛んでいるような感覚だ。どのぐらい時間がたったかわからないが、雨が少し弱くなった。自分が全身ずぶ濡れで、草や木の葉があちこちに張りついているのが薄目に見ても分かった。

あたりは薄明るくなっていて、あちこちの木が折れて無くなっていたり、根こそぎ倒れていたりした。

二人の同僚は別の場所にいるのか、見当たらなかった。自分のいる場所からそっと立ち上がると、あたりは怪獣が暴れた後のような風景になっていた。

「おりゃあ！」思わず声が漏れる。雨はまだ降っていたが、ヒューヒューという風の音は遠くなっていた。あれだけ密林状態だった松の木が、折れたり、根こそぎなくなっている。旅館はどうしつろうと思たが、あちゃ～ドミノ倒しみたいになって、影も形も無い。

遠くの方から、

「きゅうさんよーー」という声がした、山の上からスタッフ二人が降りてきた。

「どこいちょったぜよ。」

「山の上に避難小屋みたいなのがあるちゅうてたんで行ったらとっくに飛ばされて無いがぜよ。」

「まっこと死ぬと思うたきに。」

カメラマンが、

「わしゃあ、カメラが心配でおりてきたがぜよ。」と、ふらつく足で歩き出した。

みんな、わかめの様に髪が頭に張り付き、着ているものがずぶ濡れで足元は、長靴が水が入ってぶかぶかという音がした。

皆それぞれに靴を脱ぐと、さかさまにした。そうすると、ザーという勢いで水が飛び散った。みんなズボンのすそを絞ると水が滴った。ズボンのすそを巻き上げて靴を履く。

「ゆんべの台風はまっこと凄かった。」

「あんながは、滅多に無いぜよ。」

「まっこと死ぬかと思うたきに。」

口々に言いながら皆で下の方に降りていった。

旅館のあったあたりに壁のようなものが倒れていた。

「あちゃー。」カメラマンが慌ててその場に駆け込む。

「気をつけにやあ、足に釘が刺さるきに。」

スタッフさんが大声で言った。

それでも、カメラマンは狂ったように材木の破片を取り除けている。よっぽどカメラが気になっていたのだろう。

「旅館の人はどうなっちゅう?」

「見かけなかったですね。」

皆で手分けして材木をどかせ始めた。

「こっちの方がわしらの泊まっちょったところとちゃうかね。」

「わからんきね。」皆首をかしげる。

「こうなったら、無理じゃ。」怒ったように、板を投げつける。

「やめとき、ケガするぜ。」

「そうや!」スタッフが手を打った。

「わしらが乗ってきた車どうなっちゅう?」

「車っち、そんなものこの辺りに無いぜよ。」

「そらあ困ったねえ。電話も出来んし。」

「キュウさん、ちくと様子見てきとうぜ。わしらカメラ探しよるきに。」

「分かった！」わしは、そろそろと下へ降り始めた。足元がつるつるして、おぼつかない。下手すると、転倒しかねない。

しかも飛んできたのか、レンガや、ブロックが散乱していた。倒木が目の前を遮る。その下をくぐって下の歩道の方へ出た。

ずっと向こうに倒壊した民家が数戸見えた。あちこちに飛んできた看板や、屋根、松の巨木があり、飛んできた巨木で民家がつぶされていた。周りに物が散乱しているので、どこまでが道かわからない。これではたとえ車があっても運転できない。ちなみに車は影も形も見えない。国道まで出られないのが分かったので、海辺の方へ出て行った。浜には打ち上げられた大きな船の残骸があちこちに乗り上げて壮絶な光景になっている。浜で警察と消防署の人たちが歩き回っていた。船が積み重なって残骸になっているところには、人々が叫びながら動き回っていた。木っ端みじんになった船の残骸には、海藻が無数に張り付いている。空は、打って変わって青空が広がっていた。海があくまでも蒼く陽の光できらきらと輝いている。ずーと歩いていると、木やプラスティックや、コンクリの残骸の間に何かぶよぶよと白いものが見えた。白いものは巨大だった。ぶよぶよと白いのだが、長さがある。途中に何か突起のようなものがあった。向こうの方から、漁師さんが歩いてくる。

「大丈夫かよ？」

「いやあ。今朝の台風で漁船がもうわやじゃ。」

「こんな台風も珍しいわな。」

「そらあ、こじゃんと大きいかったきねえ。」

「これは何ですかねえ。」わしがぶよぶよしたものを指さすと、漁師は近づいて、裏返したりしながら
「ダイオウイカの足やね。」と言った。

「だいおういか？」

「普段は海の底におる深海魚じゃ。イカの大きい版と思たらええ。十五メートルぐらいあるきに。」

「そりゃあすごいのう。これが足じゃきにそらあ大きいな。」

「あの嵐で海の底がかき混ぜられて、洗濯機みたいに、まきあげられたんやねえ。」漁師さんはそう言いながら、

「まあ、生きちょっただけ、ましよのう。わしの友達もおらんなちゅうと。」

「上の旅館から見たけど、えらい沖が明るかったなあ。」

漁師は、力なく頷くと、無くなった自分の船を探しにとぼとぼ歩いていった。誰かを探しているのか、方々で人の声もした。

「こりゃあいかん。なんともならん。」

　わしはそう言って元来た道をいろんなものに蹴躓きながら帰っていったんじゃ。

もちろんずーっと先の電車もバスも止まっているので、帰るとしたら、歩いていくしか

ないわけで、全身の力が抜けるような気がしたぞ。まず、一日以上はかかる。

8. 帰省の話

私は、小学四年の終わりまで東京日野市に住んでいて、日野第五小学校に通っていた。急に、高知転勤の話が出たのは、三月に入ってからだと思う。

父が帰ってきて、

「転勤になったぜよ。」と言うと、

「どこへ?」

「高知へ帰るんや。」

母は東京から高知へ帰るのを嫌がるかなと思ったけど、

「そう?」と、意外にあっさり納得した。

一つには、高知新聞社本社の広告部長に就任したというのもあったと思う。それがどれだけのものかは分からないけど、一応給料が増えるということだった。多分そこが大事だったと思う。

それと、ここ数年ばったり来なくなった美恵おばさんと、実の母のことも気になっていたと思う。そういえば、母が二階の窓を開けて、なんか考え事していることも多かった。

ヒロシさんはたまに来たり、父の弟たちが来ることもあったが、父親の父母は送金はしていたが一度も来なかった。母はそのころから、子供のために再就職出来たらしたいと思っていたと思う。それにはつてのある高知市に住んだ方が、何かと便利だったのではないだろうか。昔の就職はコネが大事だった。

父は宵越しの金は持たねえというタイプであったが、母は少ない給料をやりくりして私たちを教育してくれたと思う。

私たちが高知へ帰ると知ると、近所の人たちがいろいろとお別れ会をしてくれた。隣のエッちゃんのおばちゃんは特に、タオルがびしょびしょになるくらい泣いてくれた。このおばちゃんの所の子供たちはちょうど私たちと一歳ずつ年下で、男女構成も一緒だった。なので、人間関係は濃密でした。おばちゃんの旦那さんは公団住宅職員で、堅物一辺倒なのに、なぜかうちのめちゃめちゃ破天荒親父と気があうのです。だから酔っぱらって不手際が多いのに、許してもらっていました。

そういえば、別の住宅のおばちゃんのところで送別会をした時、印象的に覚えているのは、お寿司や、茶碗蒸しや、お菓子がたくさん出ていたのですが、私と弟が夢中になったのは、バナナです。多分、そのころうちの家庭では出てこなかったものだからだと思います。だって弟と私は卓上にあるバナナの房に夢中になったからです。そう言えば、このご家庭のお父さんは松坂屋デパートに勤めていた方でした。きっと、私たちが引っ越すというので、当時高級だったバナナをデパートで買って帰ってくれたのだと思います。弟も私も後のものには目もくれず、バナナを思い切り食べたようです。

バナナは当時の私たちにとって夢の食べ物だったような気がします。

そして、帰ってから二人して仲良く夜中に吐き出してしまいました。吐くまで食べたと言う事です。

母親は「みっともない。」と、怒っていましたが、高知に帰るとき、東京駅に見送りに来てくれたおじさんが、

「くみちゃんたちが気に入ってたから。」と言って、バナナを買って持ってきてくれました。

私と弟は、顔を見合わせて照れ笑いしました。母の方がもっと赤面です。

家の隣のおばちゃんのことで覚えているのは、別れ際にキラキラ光るピンクのレインボーカラーの雪の結晶のようなブローチをプレゼントしてもらったことです。銀色の箱からそのブローチが出てくると私は、

「わあー」と、喜んだものです。別れる時。おばちゃんに付けてますよとアピールするため、淡いピンクのブレザーの襟に着けて挨拶しました。本当にキラキラ光ってきれいでした。

おばちゃんは、

「お似合いね。」と、喜んでくれました。私たちは見送りの人に送られ、タクシーに乗ると団地の前で別れました。その時私は肩からピンクのショルダーバッグを掛けていたと思

います。日野を出ると東京に向かい、そして東京駅のホームで皆が走っているので、父は弟の手を取り、母は私に、

「早く歩きなさい。」と、叱咤激励しながらも当座の荷物を持って汗をかいてました。

階段を駆け下りていくときに私はふと胸元を見て、

「あっ」と立ち止まりました。

「どうしたの？」と、母が降りて行く父親を気にしながら、立ち止まります。

「ブローチが無い！」私は不思議なものを見るように胸元を見ていました。母は、

「そんな大事なもの付けていくからよ。」と言い、

「ちゃんと留めてなかったから落ちたんでしょう。」と、決めつけた。あとからあとから人が通り過ぎてゆく。母は私の肩を押した。

「急いでるんだから、早く行きなさい。」

私はその時、言われるままに駆け下りた。不思議と泣きもしなかった。ただ、きっとあのブローチは東京駅にいたかったんだと思った。私の心と一緒だ。

電車は（まだ新幹線は無かったと思うが、あっても高いから、乗らなかったと思う）大阪まで真っすぐだったと思う。私と弟は、窓際に向かい合って座り、父と母もその隣で向かい合って座っていた。窓際にお茶の容器が二個置いてあった。当時は、もしかしたら、プラスティック製のものだったかもしれない。私たちがねだるので、母は車内販売でアイ

スクリームを三個買い、お父さんはビールとするめとピーナッツを買った。

車内販売のアイスは町で売っているのより、濃厚で美味しかった。弟と私はそれで大満足で、そのうち富士山を見たのか見なかったのか、も覚えていない。

お父さんは、会社の事とか自分のこれからの事とか母と真面目に話していたようです。

宇高連絡船に乗った時も、今度は弟も大人しくしていました。

9．再び高知へ

高知へ帰ると、私たちは四月から高知市立第六小学校へ通うことになりました。

忘れもしない初日、私と弟が母と一緒に校長室で先生の話を聞いていると、外で「こら」という声がし、後ろを振り向くと、入り口の木の開き戸の上の窓ガラスにずらっと子供の頭が並んでるのが見えました。皆、鈴なりになって覗いていたのです。

当時東京からやって来たとかいう小学生は一人もおらず、噂が噂を呼んで朝から皆そわそわしてたそうです。

教室へ案内されると、先生が私を教壇に立たせ、黒板に名前を書きました。

「ヤマモト　クミコ」

「山元さんですよ、よろしく。」

皆は、低くぼそぼそ返事しました。

「東京ってどこや。」

悪ガキそうなのが言いました。

「東京は日本の首都だ。ここよりずっと大都会だよ。」先生は穏やかに笑ってました。

「じゃあなんでここ来たん？」

「お父さんが、転勤になったそうです。」

「お前の親父知っとるわい。」と、すごいデブが言いました。

「新聞社の人間や。」

「社員さんか？」叔父さん風の子が気を遣う。

「どうやら、そうみたいだ。」と、めがね。

「あ、君たちこの子の席教えてあげて。」

そうなると、皆でわやわや寄ってきてここ！　ここ！と、後ろの席に案内してくれました。私は、赤いランドセルを机に置きました。

「あ、ランドセル後ろに掛けとくといいよ。」と、隣の女の子が言ってくれました。

私が掛けて帰ってくるまで、みんなはじーと見ていました。ほんと、つくづく見てるのです。

何なん？　こいつらと、いうのが私の初日の感想です。

あと、やめてほしいのが、校門を出て帰ろうとすると、なんか視線を感じるのです。それも、ごみ箱の後ろとか、門扉の横とか、方々で視線を感じました。

しょうがないのでしばらく歩いていくと、なんか変やな?という気配がします。立ち止まると、後ろの気配も、かさこそいう音がしなくなりました。思い切って振り返ると四、五人がうわー!と言って、ちりぢりに逃げていきました。

そういったことがほんと、一週間ぐらい続いたあと、パタッと誰もついて来なくなりました。

当たり前ですよね。家を付きとめたんですから、ついてくる必要がありません。

ただ、ある日の事、私がピアノの練習をしていて、あっそうだ、前の雑貨店で五線紙買ってこようと思い、すぐ前なので、お金を持って外に出ると、玄関の前の塀の所に誰かがいるのを発見しました。

一人の肩の上に肩車してもう一人が乗って、塀のヘリをつかんで中を覗いていたのです。

私に気が付くと、

「あっ」と言ってこっちを振り向きました。

「あんたたち何しとるの?」私は、むかっとしたもののそのまま前の店へはいっていきました。

五線紙買って出てくるともう影も形も見えませんでした。

弟は、ときどき遊んでたらメンコ全部取られたとか言って泣いて帰ってきたりしていましたが、今思えば私はたいがいな性格をしてました。

ある時、なんか忘れ物をしたとかで、罰として、拭き掃除をやらされていると、学年でも一番の男前と言われた男の子が寄ってきて、

「やーい。やーい。」とはやし立てました。私はむっとしたのですが、無視しました。ただ、いつまでも言うのでいきなり彼の顔に雑巾をぶつけました。

彼は「あっ」と言って顔を押さえて逃げていきましたが、何を思ったのか、十分ぐらいしてまだ拭き掃除している私のそばまでまたやってきました。私は彼の前に立ちふさがりました。

「なんか用？」

すると、「ごめんね」と、言ってきました。私は、ふんという顔をして、ますますにらみ返しました。

私に言わせると、

「男前のくせに謝んなよ！」です。

そんなこんなで、転校生でもいじめられることはありませんでした。

母は、子供たちの成長を見ていて、高知へ帰ったら働く気でいました。ある時、兄弟の前で、

「お母さんはね、また看護婦さんで働こうと思ってるんやけど、どう思う？」

弟は「お母さんには家にいてほしい。」と、しつこく言いました。そこで母は、

「くみこは、どう思うん？」

私は、母の目を見ると、

「お母さんはどうなん?」と、聞きました。

「あのね、お父さんの給料でも生活はできるけども、あんたたちに大学まで行かせられないの。それに、小さくてもいいから自分の家が欲しいし。お父さんはこのままでいいと言ってるけど。」

弟はなおも家にいてほしいと、言いはってましたが、私と母の意見は決まっていました。まず、私は親に金を出してもらって大学へ行きたい。ピアノのお稽古とかいろんな学費も出してもらいたい。なおかつ、おかんが家にいるとうざいので、外に出て欲しい。だから賛成です。

その後、弟を説き伏せて、母が日赤病院へ採用されたので、私と弟は帰ってくる時刻に枡形のバス停まで迎えに行ってました。弟がそうしたがったのです。私は、母からもらったお小遣いで弟にもアイスキャンデーを買ってやって、近くのベンチで食べながら待ってました。

すると、枡形にある「八雲」という喫茶店のドアが開いて、シェパードっぽい大型犬が手提げかごを口に咥えて出てきました。

私は弟に、

「ほら、あの犬また出てきたよ!」と、言いました。

あの犬は当時付近でもお買い物が出来る犬として有名でした。彼は、かごを咥えたまま悠々と歩いて、商店街の中の精肉店へ入っていきました。多分、かごにお金と、注文書が入っていたのだと思います。買い物を済ませると、また、寄り道もせず悠然と帰っていくのです。私と弟は、何度見ても、じーと見とれていました。それと、犬がなんかしでかさないか見ていたのです。

すると、バスが止まって、母親が降りてきて、

「見てごらんなさい！　あんたたちよりずーっとおりこうさんよね。」と、言いました。


第六小学校を出たところから、うちと反対方向へ行くと山内神社があり、歴代藩主を祭っていました。そこは、その先を流れる鏡川のそばにあって、私は、仲良くなった男の子と二人でその中に入って遊びました。あと、二人で沈下橋（橋げたの無い橋）を渡ったこともあります。川沿いに友達の女の子のお父さんがやっているボート屋があって、その男の子とお小遣いを出し合ってボートに乗りました。ボートは初めてでしたが、上手く乗れた気がします。

しかし、中学校に行くことになると、母はいきなり私たち兄弟に、

「高知学芸中学校へ行くことにしますから。」と、ご宣託を下しました。そうして、受験塾も探してくると、

「学芸ってなに？」という、私たちをしり目に決めてきました。

だから、学校から家へ帰ったら、毎日塾へ行くようになりました。塾はちょうど学校の校庭の壁沿いにありました。塾で成績が上がったかどうかよくわからないのですが、その時一緒に勉強していた同級生の女の子と実に不思議な体験をしました。

塾は一階と二階がありましたが、二階に行くのに、外階段があって、その階段の踊り場から学校の校庭が一望できました。

塾は学校の授業が終わって、夕方からあったので、塾の授業と授業の合間に踊り場で二人でひそひそ話をしていました。

「でさあ、あの先生の面白くないからさあ。」

「だから、面白いを追求しないわけ！」二人できゃあきゃあ笑っていると、急に彼女が私の腕をつかみました。

「くみちゃん、あれ見て！」

何だろうと彼女の指さす方、校庭のほぼ中央の所を見ると、真っ暗な校庭になんかオレンジ色の物体がユラユラ揺れているのです。その物体は、少し高く低くなったりしていましたが、鮮やかなオレンジ色には間違いありませんでした。

私は、無意識に、

「ああ、火の玉や。」と、呟いていました。

数分間それはそこにいたようですが、ある時、ゆらゆらっと揺れると、いきなり消滅しました。

「えっ」と思うと二人は顔を見合わせ、それからぎゃあと叫んで、本当に我先にと階段を駆け下りました。

そのことは、興奮したあまり塾の小学生達に言うと、次の日には、学校中に知れ渡っていました。

「お前ら見たんやってなあ。」

男子学生や、先生たちに矢継ぎ早に聞かれて、私たちはほとほと閉口しました。

でも、あのときの、温かみのあるオレンジ色の光は今でも思い出すことが出来ます。


私の受験した学校は高知県内のエリートを集めた学校ですが、なかなか大変でした。

基本、私は勉強は中途半端に好きだし、好きなのも偏っていました。良くも悪くも親の上は行けないタイプでした。60点が合格ラインなら61点で入学するタイプ。

まず、両親にあったハングリー精神は兄弟どちらにも無かったと思います。

それはそうと、その頃、父は広告部長をやってましたが、高知放送RKCの役員も兼任していました。いろんな仕事に顔を突っ込むのと、母も高知日赤病院に勤務するようになって、両親がいないことは多かったです。

でも、中学になると弟もクラブもあるし、あまり母のいないことを言わなくなりました。

母は、郊外の家で前より交通の便が悪かったので最初バイクで通っていて、その後頑張って運転免許をとりました。最初に買った軽自動車は、カブトムシ型のスバルでした。母はスバルが大好きで、その後何台買い換えてもスバルでした。当時、車に乗る主婦は少なかった頃でした。でも、一家に車があることで、生活は飛躍的に便利になりました。父は、最初母の運転免許取得を反対していました。

「わしゃそんな車に乗らん。」とか、言ってましたが、同僚に、

「奥さん免許もっちゅうが？　ええにゃあ。」と、言われると、ゴルフの帰りなどにわざと母に迎えに来らしたりしていました。

そういうわけで、我が家は、母親のたぐいまれなる努力で家も車も手に入れました。


そして、父の仕事での役得は、映画のチケット五十枚ぐらい映画館からもらっていたことで、そのうち四十枚以上は部下に配って、あとの七、八枚で家族で毎月映画に行ってました。映画館は、その頃は今と違って、途中からでも入れたのと、一度入ると何回でも見る人は見ていました。

母は、映画見に行こうというと、すぐ子供を車に乗せて市内へ行くのですが、なんでか途中から入ることが多かったです。

しかも、終わったら巻き戻しみたいに、入ったとき見たところまで来たら、はいここまで！というような、そっけない見方をするのです。時間の確認せいよ！と思うのですが、

めんどくさいし、時間ないし、チケットの期限が切れるというのが本音でしょう。

しかも、エロティックなシーンがあるときは、しまったという顔をしました。

アラン・ドロンの映画「あの胸にもういちど」は、共演女優のマリアンヌ・フェイスフルがかなりエロかったのを覚えています。素晴らしい裸の上に黒い革のボディースーツ（しかも前ジッパーでアラン・ドロンが咥えて下していた！）と黒のブーツ、１０００ccのバイクでフランスの街を、新婚なのに愛人のもとに、疾走するというストーリー。最後は、会える直前に横から出てきたトラックに激突して死んでしまいますが。全編彼女のエロい回想シーンが多いので、母は困ったと思います。マリアンヌは、本当にいい女ですが。映画は年とらないので後年ＷＯＷＯＷでもう一度見たらマリアンヌが意外に子供やな…という感想でした。それだけ、こっちが老けたということでしょう。

あと、父がコマーシャルに出ていたのは、このころで、弟は散々友達にいじめられたそうですが、私は、なんかあると締め上げる子なので、皆怖くてなにも言ってきませんでした。

このころ高知は台風のメッカで、毎年何らかの形で被害はありました。高知へ帰ってすぐは、そうでもなかったのですが、中学校へ上がったころ、学校の近くに土地を買って転居しました。その頃から、毎年のように台風の被害が身の回りでありました。

まず、転居したその年の台風がひどくて近所の屋根がトイレの小窓から見ていると、べりっとはがされたと思うと、一気に空を飛んでいきました。ほかの家も屋根を飛ばされて、水浸しになっていました。家の中は、とうに停電になっていて、懐中電灯の光だけです。しかも、父親は台風に過敏に反応して、来る何日も前から家の雨戸を閉める有様です。暗くて、暑くて、息苦しいこと甚だしい。

やっと、トイレの小窓から外が見えるのですが、トタンが飛んできたり、瓦やレンガが飛んできたりで大変でした。台風が去ると、驚くほど速く晴れ上がるのですが、来るときはずいぶん前から、昼間も薄暗く、もやもやした気候でした。

うちは、朝倉へ来てから、コロという名の犬を飼っていました。白い柴犬の雑種で、子犬の頃もらってきたのですが、とてもかわいい顔をしてました。私は父と弟と早朝必ずコロの散歩をしました。団地の中を通り抜けて、田んぼの中の、流星岩（多分父がつけた名前）まで延々と歩くのです。

ただ、残念なのは、うちの親は犬なら「コロ」猫なら「みけ」と、名前を決めていて、私が小さい頃、道後でも犬を飼っていたらしいのですが、やはり「コロ」という名前でした。この犬は、転勤する少し前に飼っていたのですが、連れていけないので、急遽知り合いにもらってもらったそうです。

ある時、母が、

「あのコロちゃんやけど、一遍、道後行ったときに、人が曳いてたの見たんだけど、もらった時は可愛かったのに、えらい不細工になってしもうて申し訳なかったわ。」と、言ってました。

ほんま、うちの親の方が、犬に申し訳ないです。


ある雨風の強い日に、朝倉でも大水が出たことがあります。台風の影響の雨風だと思うのですが。

前置きをすると、私はその頃、枡形の高知大学の音楽教師にピアノを習っていました。この先生は生徒を泣かすのが有名で、（厳しいことが有名だったと思います）ただ、私は一度も泣いたことは無く、

「この子はいつも、ニヤニヤして」と、それはそれで怒られていました。

ただ、聴音は異常に良く聞き分けたのでその点は評価してくれていました。

一度、母が付いてきていて、あまり先生が怒鳴るので、（その時も生徒でいっぱいでしたが）帰りに私に延々と説教してました。バス停まで来て、ふと後ろの私に振り返ると、私はどこにもいなかったそうです。

一方の私は、あのくそやかましい爺のところへ五年以上通ってて、ベートーベンの「熱情」なんて、弾かされてくそうんざりしてんのに、今更文句言うな！　このくそ婆！と、切れたんだと思います。バスに乗っても三十分以上かかるところを歩いて帰りました。

私が家の門を開けて「ただいま」と言って帰ると、母は玄関前の部屋でミシンをかけて

いてちらっと私を見ると、

「あんた、どこ行ってたん？」と、聞いてきました。

私は、「歩いてきた。」と、返事し、楽譜の入ったバッグを自分の部屋に持って行き、どさっとベッドに寝転びました。

さすがに母は何も言いませんでしたが、後年、

「あの子はものになると思たわ。」

と、言いました。

んなわけないやろ！　この親バカ！

とはいうものの、私はその後もレッスンに通ったわけで、そして台風の日にも、レッスンへ行きました。

なんか、生徒少ないなあ（誰もいない）と思ったわけで、先生もその日はえらく優しくて（普通の子はキャンセルしてましたから）

「はい！　今日はそこまで。これでおしまい。」と、私を追い出しました。なんか、心配そうに顔出してんなあと思いました。

途中から雨脚が強くなりましたが、それでも、バスは運行していて、私はいつもするようにバス停前の公衆電話から家に電話しました。母が出ると、仕事帰りか休みなので迎えに来てくれるからです。すると、なんということか、いないはずの父が出てきたのです。

「お父さん、なんでいるの。」

「ああ会社休みになった。」

そりゃあそうやろ。必要なスタッフだけ残ったんだと思います。当時の私は気づきませんでしたが。

「あのね、今から宇佐行きのバスに乗って帰る！」

「そうか、国立病院前まで迎えに行くよ。」

この辺り親バカが出てますが、まあかわいがってたんでしょう。

「ありがと。」

私は電話を切ると、大雨の中出てきたバスに手を上げました。

さて、雨はいよいよ強くなり、運転手さんも「宇佐まで行けないかもしれません。」と、予告してました。風が大粒の雨をたたきつけるので、バスの車体に雨は激しくぶつかってきました。私は、むーっとする車内に暑い！と思いながら、吊革につかまっていました。

時折バスが揺れることがあって、満員に乗ったお客さんが「うわー」と、声をあげていました。

「すごい雨やな。ずぶ濡れやで。」

レインコートを着たまま座っていたおばさんが、セーラー風姿の私を見て、「あんた大丈夫？」と、声をかけました。

忘れていたけど、当時の学芸は男子全員丸刈りで、全学生は外出時は制服着用が規則だったんです。

でも、女の子たちは、自由に好きな私服着てたのに、私はいつもセーラー服姿なので、いつかはりまや橋を私服で歩きたいとの気持ちがありました。

声を掛けられたことで、車内全員が私を見たので、私は萎縮してしまい、

「はい」と、小さい声で返事しました。

んなわけ、ないじゃん。と、思ったんですが。

でも、バスはよたよたしながらも朝倉の駅を出ました。益々雨脚が強く窓から見える木々が思い切り曲がっていました。

「あれ見いや！」

さきほどのおばさんが、隣の人に窓の外を指さすと信号で停止している自転車が乗っている人ごと田んぼに落ちていきました。

「おとろしや。」誰かが呟きます。その時場内アナウンスで、

「このバスはこの先の車庫で停止となります。

お急ぎのところ済みませんが皆さま国立病院前でお降りくださいませ。」

そう言うと、信号が青になったのでバスは重い車体を揺らしながら動き出しました。

雨脚は前よりはましですが、国道の横の田んぼが池のようになっていました。

カーブを曲がって私は、横道を大雨の中、愛犬のコロの綱を引いて、歩いてきたお父さんを見つけました。

「あっ」と思ったのですが、

「見てみ、あの人大変やわ。」

と、例のおばちゃんが言ったので、知らん顔することにしました。その時、道路沿いに濁流が一気に流れてきました。

「うわっ」と思ったとたん、父がレインコートのまま横滑りに転倒するのが見え、コロが引きずられて濁流の中に沈むのが見えました。

「大変や！　あの人、死ぬで！」

おばちゃんが叫ぶので、そんな馬鹿なと、思って見ていました。すると、ひっくり返った父が、手を伸ばして傘を取り、もう一方のわきの下にコロを抱え上げていました。

コロは怖かったのか、必死で父にしがみついています。

「ありゃりゃ」おばちゃんがははは、と笑いました。

なんやねん！　あんた、笑っとるの、うちの父ちゃんやで！

道路にあふれた水は、汚れた茶色い濁流で、あちこちで小さな渦を巻いていましたが、それ以上流れ出てきませんでした。

やがて、若干雨脚が弱くなったころ、国立病院前に止まり、皆立ち上がって降りはじめました。

「あんた家どこ？」と、さっきのおばさんが私に振り向いて言いました。

私は「若草町です。」と返事する。

「へえ、私は海老ケ橋やわ。方向がちゃうなあ。」と、言った。

一緒に行くつもりかい！

私が降りる頃、お父さんはコロを曳いてポコポコと水の入った長靴を音をさせながらやって来ました。

私がバスを降りると父は手を挙げました。両者とも頭からずぶ濡れでしたが。父は、私にコロの綱を渡すと、ぶかぶか音をさせながらバスの待合のベンチにつかまり、長靴を片一方外すと、逆さまにしました。

ザーと言う感じに汚い水が流れ出ると、水草と、小さなアマガエルみたいなのがぺこっと落ちてきました。

私は内心、レッスンに行かんかったら良かったと思いました。

実はそうなんです、空気読めないのは、私らしいのです。

花嫁修業に母が行かせていた、お料理学校の時も、台風が来るというので、当日の生徒が私を除いてゼロの時がありました。

いつも教えてくれている男の先生も、断ればいいのに、

「あ。来たん?」と言うとさっさと、鍋を出し始めました。

そして、タイのお吸い物、野菜がいっぱい入ったかき揚げ、天つゆ、ほうれん草の白和え等のメニュー表をもらいました。

「タイのお吸い物は、良い出汁が出るので、あらかじめかつおと昆布の出汁はいりません。タイは、良く洗って、水気を拭いてから、まず鱗を取ります……」等々。

そう言いながら、窓の外はものすごい雨模様になっていきました。

全部出来ると、二人で雑談しながら、できた食事をゆっくりと食べました。外を何かの箱か、ごみが飛んでいきました。

「ああ、雨がすごいね。」

「はあ。」

「君、帰り大丈夫？」

「多分。」

この時の先生もお坊ちゃまっぽかったけど、天然でした。二人で笑いながら食事して、そして外はごみがびゅんびゅん飛んで行ってました。

ゆっくり食べ終わると、調理道具を洗って、お皿も元の位置に直しました。

「ありがとうございました。」

先生が笑って頷きます。

猛烈に雨風の吹いてる中を、外は真っ暗でしたが、

「先生、さよなら！」と言って住友学園の外に出ました。

「またね。」彼の声がしました。私は、傘を小さめに開くと、近くで待っているはずの母の車に向かって走り出しました。

ところで、うちの父は、前に出てきた美紀さんと、暇になるとよく電話してました。

まあ、昔の知人をよく知っていて、話題に事欠かなかったのもあると思います。

美紀さんも、その頃絵手紙の先生をしていて、生徒さんを何人か持っていました。

彼女の上品な絵手紙はよく家の食卓の上に置いてありました。

母は、彼女のことは父からよく聞いていたのですが、時々、

「あの人はね、あんたなんかと結婚するより、歯医者さんと結婚した方がずっと幸せですよね！」なんて、嫌味を言うこともありました。

これは、若干嫉妬かな、と思っていましたが、後になってそうではないような気がするようになっています。

なんでかって言うと、あれほど人がうらやむような大恋愛で結婚したはずなのに、その前に美紀さんという人に申し込みしてたのが、気に入らなかったのでしょう。

それって、なんでも一番でなくては気に入らん母の、二番かい！という怒りでしょう。

でも、親父なんて、あの口だから、二人どころか、悪いけどもっと口説いてるはず。

要するに、騙されるあんたたちが悪い！と、思います。

そういうと、お父さんが悪党みたいやけど、その時その時に臨機応変な対応したまでだと思う。

まあ、愛してないわけじゃないし。

当時美人華道家として、名を馳せていた方が、高知へ公演に来たことがあります。父は

インタビューと仕事後の食事会とのご案内もしたそうです。

その時、高知のこんにゃく玉の話をしたのですが、後日彼女から父へ直に電話があって、こんにゃくを送ってほしいと言われたそうです。

当時は、品物を劣化せずに輸送する技術が今ほどなかったので、父は申し訳ないがと、丁寧に断ったそうです。父のアルバムにはその方と二人で写った写真がありました。着物姿の背の高い面長な上品できれいな人でした。

あと、学生の私が高校から帰ってくると、土曜の午後、何回か、地味な様子の大人しそうな男性を連れてきていました。地味なんですが、お父さんほど胡散臭くないので、多分学校の先生かな?と、思っていました。

いきなり連れてくるので、母は、

「もう、一言言ってちょうだい!」と、怒っていました。でも、私のために魚肉ソーセージを刻んだチャーハンを作っていたのですが、それを増量して、何とか出してました。

それから、何日かして、彼が大きなものを持って来て、

「良かったら貰ってください。」と、言いました。それは新聞紙にくるんだ額に入った12号ぐらいの油絵でした。

紺碧の色が勝った、室戸岬の絵です。

そういえば、父は可愛がってました。

「彼も、才能あるんやけどな、なかなか絵が売れなくて。」と言ってました。母は絵が気

に入ったみたいで、玄関に長いこと掛けていました。

ある時、取材で人間国宝の所へインタビューに行ったそうです。居間に通されて、取材をしたそうですが、帰る前に、二人で酒を飲みながらいろいろ話したそうです。

最後に、

「良かったらこの部屋にある陶器で気に入る物を、一つ持って帰って良いよ。」と言ってくれたそうです。

途端に母は、

「何もらったん？」と目を輝かせて聞いて、父が、

「その時飲んでいたぐい飲みを、これを頂きますと言ってもろうて帰った。」と言いました。

母ががっかりしたのを覚えてます。

彼が出したのは、小さな桐の箱に表書きのあるもので、中には、肌色の火襷の入ったしっかりしたぐい飲みが入ってました。

後ろから見ていた弟が、

「たったこれだけ？」と言い、

「もう一度戻って大皿とか、壺とかに変えてもらったら？」とアドバイスします。

「じゃかあしい。」というのが彼の返事でした。

父はその後も、お金に困ってる病気の叔父さん（親戚ではなく、仕事関係者）を連れてきて、母が十万ぐらい工面したり、いろいろ人の面倒をみていて、家族は大迷惑でした。

エピローグ

うちの父は、私が大学を卒業して二年半後に結婚して、子供が二人出来てから、急激に視力が衰えはじめました。

昔からよく酔っぱらってタクシーを降りる時に、うちの家の前の溝に足を突っ込んだりして、母に怒られていました。

でも、ある時、母は、

「これはおかしい」と思ったらしく、嫌がる父を連れて病院に行きました。そこで先生に言われたのが、

「視野狭窄症という症状で、いずれ殆ど見えなくなる。」との、衝撃的なお話でした。

母は「子供たちにも遺伝するんでしょうか。」と聞くと、医師は、

「遺伝性なものではない。」とおっしゃってくれて、安心したそうです。

それでも、父は日常濃いサングラスをするようになり、杖もつくようになりました。

その頃、母は日赤で看護部長になっていて、超多忙な時間を過ごしていました、ただ、いずれは視力が無くなる父の手助けをしたいと思うようになっていたようです。

父は、それでも、元来が明るい性格だったので、いつもラジオを聞いたりして、散歩や買い物に行くほかは、家の中で静かに過ごしていました。

私たちが帰ると、

「おじいちゃん、散歩に出かけよう。」という孫の声で、みんなで家の周りをゆっくりと歩きました。

家の近くに川が流れていて、

「おいお前たち！　川の中に何がいる？」と、杖で川の方を指して聞きます。

二人の孫は、

「なにもおらんで」と言いました。

「おかしいな、いつもは鯨が泳いでるんやけど。」とつぶやきます。

孫二人は顔を見合わせると、

「やーいやーい。ほらふきどんどんがまた嘘ついた！」とはやし立てながら走り出します。

「なにを！　こら！」

父は、子供に返ったように杖を振り上げると子供たちを追いかけました。

見えないと言っても、そこそこは影のようにわかったみたいです。

あと、母はビールの箱を父にわからないところに隠して一つずつ冷蔵庫に入れていましたが、あるとき、父は見つけ出して、大量に飲んで、母が帰ってくると、居間で裸になって大の字に寝てたそうです。

母は日赤病院を定年で退職すると、他の病院の総婦長になりました。ここでもよく働いていました。

が、父が本当に目が見えなくなってから、これからはお父さんの介護をするからと言って、仕事をきっぱりと辞めました。

私たち家族も大阪に住んでいたのですが、心配なので、月最低一回は様子を見に行ってました。主に私が帰りましたが、片道だいたい三百キロを仕事終わりに、車を運転して帰りました。

父は、視力低下と共に、若干認知症状も入ってきていたようです。

ある時、私たちが来ていたので、母は父と私たち親子を車に乗せて、食事に出て、その後、竜の浜（ドラゴン　ビーチ）へ行きました、私たち親子は、横波黒潮ラインが大好きで、小さいころからよく行ってました。昔は長い橋を渡って、山を登ったところに回転展望レストランがあり、そこで食事をするのが恒例でした。この展望レストランはある時、倒産して、その後納骨堂になっていると聞きました。

それを聞いた私が、

「え？　お骨を回してるの？」と聞くと、

「いや、それはないんじゃないかな。」と、言ってましたが。

夏になると、白い百合の花が咲き誇って、横波スカイラインの海に生えてきれいでした。

子供が生まれると、「1×1＝1」という、名前のアイスクリンを売っている赤い傘のアイスクリーム売りが立っていたので、いつも先にアイスクリンを食べました。何しろ風が吹いて爽快なスカイラインです。

このコースには、青龍寺と言う札所のお寺があり、かつての朝青龍というモンゴル力士の名前も、この寺から来ています。すぐ近くに、スポーツの名門学校、明徳義塾があります。

余談ですが、ある知人によると、たまに明徳のスパルタ教育がいやになった学生が脱走してスカイラインの橋の所までは来るのですが、あまりに長い橋なので途中で挫折して座りこんで捕まるそうです。

さて、その日、竜の浜の駐車場に車を止めて、私たちは子供たちを水際で遊ばせました。

父はそこに立っていたので、母は、

「ちょっと鍵持っていて。」と、父に車のキーを預けて私たちの後を追いました。

私たちは、小さい亀が水際で泳いでるのを見ていて子供が大喜びするので、時間がたつのを忘れてしまいました。

ヤシの木のような木々があって、とても綺麗なビーチでした。

その後、母が「お父さんがおらんなった。」

と、顔色を変えて戻ってきました。

「え？」と言うと、私は母に子供二人を預けて方々を探し回りました。民宿の人に聞いたりもしましたが、なにせもう日が落ちていて薄暗くなっていたので、誰も見た人がいません。車で探そうにも、母が父に鍵を預けたので、歩いて探すしかありませんでした。しかも、こちらの足もないということです。

散々探して、それでも見つからなかったので、

「とりあえず、家に帰ってみよう。」ということになりました。仕方なく、民宿でタクシー呼んでもらい、また、民宿の人に、もし父が見つかったら、連絡してもらうよう電話番号も教えておきました。

そして、私たちが家へ帰り着いて、ものの十分もしないうちに、父がタクシーで帰ってきました。

母が、

「どこに行ってたの。」と言うと、誰もいなくなって、目が見えないので不安になったようであてずっぽうに歩き出し、例のスカイラインの橋の検問所まで辿り着いたそうです。

すると、検問所の人が、目の見えない父を気遣って、

「ここから出るにゃあここを通らんといかんきに、待っちょったら来るぞね。」と、言ってくれたそうです。しかし待てど暮らせど車が来なかったので、タクシーで帰ってきたそ

うです。

もちろん、車のキーを父が持っているので、母と私たちもタクシーで帰ったわけです。

母は「なんでちゃんと待っとかんぞね。」とえらい剣幕で怒りました。

でも、私は、

「ちょっと待って！　悪いのは、お父さんじゃなくて私たちの方やで！」と、言いました。

目が見えないのに、真っ暗闇は不安である。しかも、認知が少しあると、デフォルメされた感覚になったと、思う。寂しくなって歩き出したのを責められないだろう。

「まず、お父ちゃんに鍵渡したのは、お母ちゃんのミスや。」

母は不服そうに私を見ましたが、黙ってしまいました。民宿の人が車を置かせてくれていたので、次の日の朝、母はタクシーに乗って竜の浜へ行きました。

それからも、父の若干の異常行動はいろいろありましたが、この事件から、母は用心するようになりました。


いつも、父は「来世も一緒だぞ。」と言ってましたが、苦労させられた母はうんとは言いませんでした。

私は父に、

「あのね、お父さん。来世は一緒ぞとか言う人は、この世でとっても得した人なの。苦労させられた方は、まっぴらごめんと思っているから。」

「こら！　久美子！」父は苦笑いしました。

それから十年ぐらいして、父は老衰で亡くなりましたが、死ぬ前に苦しそうにバタバタした挙句、

「お迎えが来たぞ。」と言ったそうです。

「俺はもうすぐ死ぬけど、お前は俺より七歳若いから、七年たったら来いよ。」

とも言ってたそうです。

たしかに、母は七年ぐらい経ったある夏の夜、後を追うように静かに息を引き取りました。

残された美恵おばさんは、海の見える安芸の有料老人ホームに入っていましたが、私が訪ねていくと、よく二人してうちの親の昔話をしました。彼女はもう車いすの生活でしたが、私が訪ねて行くととても喜んでくれました。彼女はたしか百歳近くまで生きていたと思います。

そして美恵おばさんは、いつもいつも、同じことを子守唄のように繰り返して言うのです。

「私の人生は、本当に運が良かった。それは、お母さんに出会ったからや。」

彼女が呪文のように繰り返して言うので、私はおかしくて笑いました。

「でもね、今になったら、勝手にあっちへ一人で行って、私は寂しいんやで。」彼女はそう愚痴るのです。

「大丈夫！　うちの母は、美恵さんの場所を取っといてくれてるんやで。ゆっくり行っても困らないように。」私は彼女の肩に手を置いて、そうつぶやきました。

著者プロフィール

北村 久美子（きたむら くみこ）

徳島文理大学薬学部卒業。大阪府在住。

病院や調剤薬局などで薬剤師の仕事をする。ケアマネージャー、介護福祉士の資格取得。ケアプランセンターの経営者もしていた。

趣味はピアノ演奏。短期間であるが、レストランやバーでの演奏経験あり。ほかに、書道、水墨画、油絵、茶道。

シンプルライフ

2023年５月15日　初版第１刷発行

著　者　北村 久美子
発行者　瓜谷 綱延
発行所　株式会社文芸社
〒160-0022　東京都新宿区新宿1－10－1
電話　03-5369-3060（代表）
03-5369-2299（販売）

印　刷　株式会社文芸社
製本所　株式会社MOTOMURA

ISBN978-4-286-30127-3